沙汰も嵐も

再会、のち地獄

吉田 周

white heart

講談社X文庫

目次

イラストレーション／睦月《むつき》ムンク

沙汰も嵐も

再会、のち地獄

第一話　おかえり、ただいま

――あ、ヤバイ。

迫りくる黒い塊、耳をつんざく騒音、飛び交ういくつもの悲鳴。それらが嵐《あらし》のように渦巻く中、中心に立つ疾風《はやて》は心臓がぎゅっと縮み上がるのを感じた。

――死ぬかも、じゃない！　絶対に死ぬ。早く、逃げ――。

ぶつり。そこで強制終了。享年十五歳。不知火《しらぬい》疾風の短い生涯が終わった。

もし、口が利けたなら、最後にきっとこう言っただろう。

――……この沈んでいく感覚。なんか、前にもあった気が……。

誰かが呼んでいる。

かすかな呼び声に引かれ、疾風は顔を上げた。

不揃《ふぞろ》いな軒がひしめき合うにぎやかな町並み。土壁と土壁の隙間《すきま》を縫うように伸びる細い路地は上り坂で、果てに広がる空は燃えるような茜色《あかねいろ》に染められている。

ここはどこだ？　いま、何をしてたんだっけ？　狐《きつね》につままれたような心地で瞬きを繰り返す。明るい暗いがパチパチと切り替わる視界の中心で、三歩先で立ち止まった片割れが不思議そうに首を傾《かし》げていた。

──どうした？　すっかり遅くなってしまった。早く帰ろう。

馴染《なじ》んだ声に、疾風の意識が一気に引き戻される。

そうだ。帰り道の途中だった。ぼんやりするにもほどがある。自分で自分に呆《あき》れながら、慌てて駆け、片割れに追いつく。

ふたり肩を並べて、といっても頭半分ほど段差があるが、改めて歩き出す。

──いきなり立ち止まったりするから驚いたぞ。一体、何を考えていた？

──自分でもよくわかんね。なんか急にぼうっとして。

──まさか、立ったまま寝ていたのか？　だから、ほどほどにしようと言うたのに。

──誰が寝るか！　そもそも、疲れてなんかねえし。まだまだやれた。

──そのわりには、最後のあたりは足元が覚束《おぼつか》なかったようだったが？

――うるさい！　大体、今日は俺の気が済むまでつき合う約束だっただろ。それを勝手に終わりにしやがって。あと一回、もう一回やれば絶対に勝てた！

――その、もう一回を幾度やったと思う？　おまえの気が済むのを待っていては、いつになっても帰れない。

くすりと、笑い混じりに返され、疾風の腹の中が一気に熱くなる。

――おまえ、俺が勝てる日なんか来るはずないって思っているだろ！

――思っていない。ただ、永遠に負ける気がないだけだ。

――それ、同じじゃねえか！　いいか、絶対におまえより強くなってやる！　あと、背丈も追い抜く！　そうやって見下ろしていられるのもいまのうちだ！

こちらは本気の宣戦布告だというのに、相手はあくまで太平楽。夕陽《ゆうひ》の逆光で表情は影に覆われているが、ほわほわと目元口元を和ませている雰囲気が伝わってくる。

――どれだけ分が悪くとも、決して諦《あきら》めないところはおまえの美徳だな。ぎゃあぎゃあと喚《わめ》く姿もかわいらしい。

――分が悪いってなんだっ……いや、それより！　かわいいって言うなって、何度言えばわかるんだよ！　ホントにおまえは――……。

文句の途中、いきなり疾風の視界と意識がぐわりと傾く。

あっという間に全身が奇妙な浮遊感に包まれ、上や下、右や左の感覚が消えてなくなる。目の前もどんどん暗くなっていって、ついには何も見えなくなってしまった。

――何だ？　どうなってんだ？　まさか、本気で寝ちまった？　ああもう！　ちくしょう。言ってやりたいことがまだ山ほどあるってのにっ……！

利かない手足を必死にバタつかせながら、疾風は声なき声を上げ続ける。

――とにかく、かわいいの件はこれで終わりにしないからな！　今度という今度は、絶対に許さねえ！　いいか！　起きたら、とにもかくにも――……、

…………――殴るっ！

強い決意とともに、ぐっと拳《こぶし》をにぎったところで疾風は目覚めた。

殴る、絶対に殴る……って、なんで？　どこの誰を？　やたらにはっきりしている怒りと衝動とは逆に、その理由やぶつける相手についてはさっぱりわからない。

夢にしては生々しく、現実にしては曖昧《あいまい》。どっちつかずのモヤモヤがはびこっているせいだろうか、起きたばかりなのに頭も体もダル重い。

いや、重いだけじゃない。やたらに暑くてきつくて苦しい……正体不明の四重苦にうめきながら、疾風はギチギチに固まったまぶたをこじ開ける。

まず目に映ったのは、青の上に灰色を一刷《ひとは》け重ねたかのような薄暗い空。そろそろ夜が

明ける、くらいか。しかし、なんでまた外で寝っころがっているのだろう。不審に思って首を捻《ひね》れば、頭の向こう側に険しい山が見えた。

逆さの形でそびえ立つ山は一面煤黒《すすぐろ》くて素っ気ない。けれど、そのかわりとでも言うように、麓《ふもと》にはぞっとするほど鮮やかな赤い花が咲き乱れている。

ふと、随分と遠くまではっきり見えるなと思った。元々目は良いが、いつにもまして視界が良好。花の咲き具合まで一輪一輪ちゃんと見て取れる。

疾風は花に視線を向けたまま、起き上がりかけて――遅ればせながら気づいた。がっしりとした何かが自分にのしかかっていることに。

寝起きすぐの状態で、まだ大いにぼんやりとしていたため、はじめのうち疾風は冷静だった。はいはい、なるほど。謎《なぞ》の物体がぎゅうぎゅう押さえつけてくるから、こんなにも重くて暑くてきつくて苦しかったのか。了解、よくわかった……じゃない！　異常事態をキャッチした瞬間、頭の中でサイレンが鳴り響く。

のん気に頭の向こう側を眺めている場合じゃない。注意するべきはまず足元。ことわざにもある。灯台下暗しっ……ん？　違うか？　とにかく、そっちが肝心。頭の中で盛大に自分を叱《しか》りつけながら、疾風は視線を下げる。

レンジでチンしたほっかほかのマット。それにぐるぐる巻きにされたかのような拘束感の正体やいかに。確かめた途端、疾風は派手な悲鳴を上げた。

「ぎゃあああああー！　な、ななななな、なんだよ！」

既存の予想をぶち破る、特大にして珍奇な危機。なんと大の男が仰向けになった疾風の胸に頭を押しつけ、はなしてたまるかとばかりにしがみついていた。

高速回転する逃走本能に急《せ》かされるがまま、疾風は身をよじる。しかし、男のホールドは超強力。どれだけ暴れてもビクともしない。

「このっ……馬鹿力《ばかぢから》！　はなせったら！」

疾風がさらなる抵抗を示した途端、男がものすごい勢いで頭を上げ、地面に両手をついた姿勢でのぞき込んでくる。

疾風はヒイと慄《おのの》く。

猛烈なハグに次ぐ床ドンで迫りくる男は二十歳前後くらいか。精悍《せいかん》という言葉がやたらと似合う大層なイケメン。中でも、たじろぐほど強い光を放つ琥珀色《こはくいろ》の目が印象的。深く澄んだ虹彩は吸い込まれそうなほど綺麗《きれい》で、思わず見惚《みと》れ……。

「って、んなことはどうでもいい！　ア、アンタ、誰だっ。いきなり、なん――」

「………生きている」

「え？」

「良かった！　青い顔で倒れていたから、思わず鼓動を確かめてしまったぞ。無事に死ねたようで安心した！」

男は大声で叫ぶと、再び疾風におおいかぶさり、力いっぱい抱きすくめてくる。

窒息寸前の圧迫を受けながら、疾風は混乱を極めていた。

コイツは誰だ？　この状況は何だ？　本気で意味がわからない。ほんの少し前までいつもと変わらない朝だった。起きて、支度をして、学校に行こうと……アレ？

そこから先が思い出せない。どうしてここにいるのか、どうやってきたのか。なんでまた、カッチカチに胸板が割れてそうな男から濃厚な抱擁を受けるハメに陥っているのか。

まるで、ハサミで断ち切ったかのように記憶がない。

戸惑い、慌てふためく疾風をよそに、男はうれしくてうれしくて仕方がないといった様子で首筋に顔をすり寄せてくる。

「いまの瞬間をどれほど待ちわびたかっ。この牛頭《ごず》の黒星《こくせい》、寸分とておまえの匂《にお》いと体温を忘れたことはないぞ。ようやく念願叶《かな》い、存分に味わうことができる……幸せだ」

すうと深い呼吸音とともに、とんでもない台詞《せりふ》を耳元でささやかれ、疾風の肌という肌がぞわわっと粟立《あわだ》つ。ヤバイ。何がどうであれ、コイツが本物の変態なのは確か。

「おい、はなせ！　はなせったら！　じゃないと、警察呼ぶぞ！」

「それにしても」

男――当人いわく黒星はつぶやくと、疾風を抱えたまま、ひょいと身を起こす。

全力全開の抵抗も無意味。驚きの声を上げる間もないまま、疾風は黒星の膝《ひざ》の上に抱えらつま先まで、全身をくまなく見回す。

「～っ、知るか！　何から何まで意味わかんねーし！　つうか、触んな！　はなせ！」

渾身《こんしん》の怒声も右から左。黒星は疾風の頰《ほお》に両手を添えると、まじまじ、頭のてっぺんか

込まれていた。

「殻を再生したからには赤子の姿で甦《よみがえ》るはず。何故に、中途半端に年を喰《く》っているのか」

疾風はぶるぶると身を震わす。

恐怖以上に、変態に好き勝手される屈辱が耐え難い。すぐにでも顔面に拳を叩《たた》き込《こ》んでやりたかったが、死にもの狂いで耐える。ここまでの攻防で力比べでは分が悪いことは明らか。下手に反撃するのは却《かえ》って危険。

乱れまくりの平常心を必死に整えつつ、疾風もまた相手を眺める。

牛頭の黒星。考えるまでもなく偽名だろう。恥ずかしげもなくふざけた名乗りを上げる変態を褒めるのは癪《しゃく》に障るが、やはり顔は凛々《りり》しくカッコイイ。そのうえ背が高く、体つきも鋭い刃《やいば》のように引き締まっている。まさに全方位死角なしの男前。ただし、何もしないで黙っていれば、だが。

しかも、風体もまた、発言および行動よろしく相当変わっている。

身につけているものは和服……いや、昔の中国の服だろうか。膝丈の、前で合わせる形をした黒の上着と、灰色に炎の模様が入った幅の広い革帯。下はズボンとは呼ばないかも

しれないが、似たようなものを穿《は》いていて、変わったデザインのブーツに裾《すそ》を突っ込んでいる。まるで漫画やゲームのキャラクターのような恰好《かっこう》だ。

宝石みたいな目はカラーコンタクトか、もしくは外国人で片づけられるとしても、毛先が陽炎《かげろう》のように揺らめく短い黒髪はどういう仕組みなのか。時折、キラキラと火の粉が舞っては空に消えていく。

そして、とどめは額の両端から突き出た二本の角。映画などで目にする特殊メイクだろうか。いずれにせよ凝りに凝っていて、本物としか思えない。

疾風は疑わしさ全開の目を細める。

これはいわゆるコスプレというやつか？　近くでその手のイベントでもやっているのだろうか。あくまで想像だが、黒星の不可解な言動は遊びの一環で、こっちを同じ参加者だと勘違いしたゆえの暴走なのかもしれない。

一身上の都合により、この手の趣味に強い苦手意識を持っているが、だからといって頭ごなしに非難するつもりはない。誤解に気づき、詫《わ》びてくれるならそれでいい。

よしとうなずき、疾風は黒星を見上げる。

「なあ、アンタ」

「本当に、どうしてこの大きさなのか」

「そうじゃなくて、俺の話を――」

「偶然か？　それとも玄武星君《げんぶせいくん》の采配《さいはい》か？」

「げん……？　またそんなトンチキな単語を。あのな、違うんだ。俺は部外者で――」

「駄目だ。さっぱりわからん」

「それはこっちの台詞だ！　ちょっとは俺の話を聞けよ！」

疾風は全力で怒鳴ったが虚《むな》しいまでに手応《てごた》えはない。

黒星はにこにこと笑いながら、愛おしげに頭をなでてくる。

「まあいい。なんにせよ、おまえが俺のもとに戻ってきたのだ。年かさの違いなど些事《さじ》に過ぎん。随分と懐かしく、かわいらしい姿になったものだな」

その一言に、疾風のこめかみあたりでぶちりと我慢の糸が切れた。

起きた時に感じた怒りと衝動は多分、虫の報《しら》せ。間違いありません、コイツです。そんな確信の下、疾風は思い切り拳を突き上げた。


生きとし生けるものは、いつか必ず死を迎える。

臨終後、行き着く先は地獄か。はたまた極楽か。

生をまっとうした魂は殻、即《すなわ》ち肉体から抜け出し、あの世の入り口に立つ。そこから長く暗いトンネルを抜け、死出《しで》の山《やま》にたどり着く。

山を登り、峠を越えると、ようやく少し明るくなってくる。ついと麓に目を向ければ、真紅の地獄花《じごくばな》で埋め尽くされた花畑が見えるはず。

ここまで来れば、三途《さんず》の川《かわ》まであと少し。

自身はまだ気づいていないが、ただいま不知火疾風はそういう場所に立っている。

「いった！　なんだ？　何故《なぜ》、殴る？」

黒星は拳を叩き込まれた顎《あご》を押さえながら、困惑した様子で尋ねてくる。

「黙れ！　へらへら笑ってかわいいとか言ってんじゃねーよ！　次にまた、ふざけたことを抜かしてみろ！　一発じゃ済まねえからな！」

奇襲で得た隙《すき》を突き、疾風は黒星の腕から逃れる。

疾風の外見は俗に言う男らしさからは程遠い。身長はギリギリ平均値だが、全体的に痩《や》せ型で手足も細い。顔かたちも同様。端がやや跳ねた目は大きく、鼻筋や口、咽喉《のど》の線にも硬さはなく柔らかい。喩《たと》えるなら仔犬《こいぬ》といったところか。ついかわいいと口走ってしまうのもうなずける。

とはいえ、見た目のせいで甘く見られたり、反感を買ったり、おかしな人間に目をつけられたり等々、これまで散々な目に遭ってきた疾風にとって、かわいいの四文字はもはや呪《のろ》いに等しい。ゆえに、たとえ褒め言葉であったとしても、拳を飛ばしかねないほどの拒絶反応を起こしてしまう。

憤る疾風に対し、黒星は不本意だと言わんばかりに肩をすくめる。

「ひどい仕打ちだ。おまえが、主に女性《にょしょう》にかける言葉で姿かたちを称されるのが嫌いだと知っているからこそ、ちゃんと区別したかわいいを用いたというのに」

「区別?」

「さっきのかわいいは鳥獣などの類《たぐ》いにかけるものと同じで、麗しさや華やぎを指すものではない。この件で諍《いさか》いを起こさぬよう、きっちり区別の仕方を決めたではないか」

「聞いたこともねえよっ、そんな取り決め!」

堪え切れず疾風は怒鳴る。

そんな話し合いをした記憶がないのはもちろん、仮に決めたとしてどう聞き分けろというのか。黒星の態度や口調が真面目《まじめ》な分、余計に腹が立つ。

「……訳がわかんねえ」

苛《いら》立《だ》ちと混乱に押さえ込まれるように、疾風は足元に視線を落とす。

途端、飛び込んできた自分の恰好と、首元からすろんと垂れてきた髪にぎょっと目を見張った。

「な、なんだよこの髪!　あと恰好っ!」

疾風は右手で髪の束、左手で衣服の胸元を引っ張りながら叫ぶ。

我が身に何が起こったというのか。短かった髪が背中に届くほど伸び、色まで銀に変わっている。恰好もまた、制服から黒星とよく似たものに替わっていた。違うのは黒色ではなく青色というくらいで、他はほとんど同じ。

鏡がないから触って確認したところ、髪はいわゆるポニーテールの形でくくられているよう。突拍子もない色に顔をしかめつつ、つかんだ髪の束を鼻先に寄せてみる。

淡く発光している銀髪は毛先に向かうにつれ輝きを増していき、先っぽは燃える炎みたいに揺らめいていた。衣服同様、こっちもまた黒星とそっくり。

少し迷ったが、左の指でちょんと毛先に触れてみる。特に熱くもなく、冷たくもない。ただし、他の部分のようにつかむことはできず、指がすり抜けてしまった。

気味が悪いにもほどがある。毟《むし》ってやろうと引っ張ってみたがビクともしない。無理強いすればハゲるかもという恐怖に負け、いったん髪から手をはなす。

まったくもって、これはどういう事態か？　崩れかけの理性をギリギリ押《お》し止《とど》めながら、疾風は必死になって考える。

「そうか……こいつはテレビのどっきりだなっ」

疾風は勢い込んで黒星に詰め寄る。

「なに？　なんだと？」

「しらばっくれんなよ。俺は運悪く騙《だま》される側に選ばれて、こんな大がかりな仕掛けに巻き込まれているんだろ？　アンタはさしずめ売り出し中のタレントってとこか？　大層な仮装までして、ご苦労なこったな」

黒星はさっぱりわからないといった顔で首をひねっている。

性懲りもなくとぼけやがって。胸の中で毒づきながら、疾風はさらにまくし立てる。

「ここもセット……にしちゃ規模がデカいな。わかった、新手のテーマパークか」

「てーま……？　なんだそれは？」

「まだ芝居を続ける気かよ、しつこいな。まあ、アンタにとっちゃ大事な仕事か。仕方がないからつき合ってやる。テーマパークってのは、歌って踊る鼠《ねずみ》で有名なランドみたいなところだ。ここはそういう場所なんだろ？」

疾風の説明に、黒星はいっそう首の傾斜を深くする。

「よくわからんな。黒い鉄の鼠ならいるが、歌って踊ったりはしないぞ。かわりに亡者を骨の髄まで嚙《か》み尽くしている。あと、尻《しり》からもぐり込んで内臓を喰らう虫ならば、細長い体の動きがうねうねしていて踊っているように見えなくもないが」

「なんだよ、それっ。怖いし、気持ち悪《わ》りぃ！」

鳥肌を立てながら嫌がる疾風の姿に、黒星はじわりと顔を曇らせる。

「成長した姿で現れたので、もしかしたらと思ったが……やはり、何も覚えていないようだな。おまけに、殻が人だった頃の記憶を残しているのか？」

「覚えているも何も……なあ、もう十分だろ。撮影は終わりにしてくれよ」

「先程からいっこうに要領を得ないが、これだけはわかる。おまえは、己が置かれている状況をまるで理解していないのだな」

黒星は憂い深いため息を落とすと、疾風に向かって左手を差し出す。

「いいか、ここは現世ではない。そして、おまえもすでに人ではない」

言葉が終わるや否や、黒星の左手が急に光り出して――……。パシッと火花が弾《はじ》けるような音とともに、突如として一条の槍《やり》が現れた。

疾風は声もなく、ただただ目を丸くする。

「え？　は……？」

「どうだ？　人にはこのような真似《まね》はできまい」

黒星は慣れた手つきで身の丈より長い槍を回し、石突きを地面に立てる。持ち主を語るかのように、柄《つか》の色は衣服と同じ漆黒だった。

「ここは、現世とあの世の途上。そして、おまえは馬頭《めず》の疾風《しっぷう》。すべての要《かなめ》である境界門を守護する門神《もんしん》だ。この俺、牛頭《ごず》の黒星《こくせい》はその片割れ。我らは、元はひとつという一対魂《いっついこん》の絆《きずな》で結ばれている。いまはひとまず、これだけを知っていればいい」

話の区切りに合わせて、黒星が左手を開く。

すると、空中に溶けるかのごとく槍は再び火花を散らし、跡形もなく消え去った。

「……んな、馬鹿な話があるかっ」

動揺をふりはらうように、疾風は語気を強くする。

確かにいきなり槍が現れて、消えたことには驚いたが、きっと手の込んだ手品か何か。仕掛けがあるに決まっている。

「アンタたちが必死なのはよくわかった。正直、ここまでやるかって呆れるけど、いまはいろいろ大変なんだろうな。応援してやりたいけど、俺には俺の都合がある。いい加減に解放してくれ。とっくに遅刻だろうが、学校に行かねえと」

「事態が飲み込めず混乱しているのだな。大丈夫、何も心配はいらない。どんな時でも俺がおまえを守る」

真っ直《まっす》ぐに請け合ってくれる黒星はなんとも頼もしい。場合が場合なら、胸キュン間違いなしのシチュエーションだろう。

だがあいにく、いまの疾風にはイライラの増幅剤にしかならない。

「そんな大層な世話は必要ねえから。帰り道だけ教えてくれればいい」

「遠慮など、水臭い真似はよせ。この手で必ず、ひとかどの門神として生きてゆけるようにしてやる」

まるで噛《か》み合《あ》わない。地団駄でも踏みたい気分で疾風は叫ぶ。

「ちょっとは俺の話を聞けよ！　余計なことはいいから、ここがどこだか教えてくれ！」

「現世とあの世の途上だ。ああ、死出の道行きや旅路といった方がわかりやすいか？」

「そうじゃなくて……もういい、ひとりで探す」

これ以上、黒星と話していても埒《らち》が明かない。疾風は踵《きびす》を返《かえ》す。

見たところ、相当に山奥のようだが、歩き続ければ駅かバス停にたどり着くはず。おかしな恰好で注目を浴びたとしても、いまは戻る手段を探すのが先決だ。

疾風は踏み出そうとして、はたと気づく。

黒星はさっき、疾風《はやて》を疾風《しっぷう》と呼んだ。まんざら間違いでもない。疾風《はやて》の漢字を音で読めばそうなる。

大方、鞄《かばん》の中の生徒手帳でも盗み見たのだろう。意識を奪い、髪や服をいじくり回すくらいだ。それくらいは平気でやるはず。中坊のガキなんて簡単に丸め込めるとタカをくくっているに違いない。馬鹿にしやがって。どこに隠れているのか知らないが、他のヤツらを見つけたら殴る。カメラがあれば壊す。

物騒な決意を固めながら、疾風が一歩進んだ矢先、黒星が腕をつかんできた。

「なっ……はなせよ！」

「はなしてもいいが、そちらには行けんぞ。人としてのおまえはすでに死んでいる。命果てた以上、現世に戻ることは叶わない」

「おかしな話はもうたくさんだ。本気で殴るぞ」

「まだそんなことを……殻を失えば、本当に何もかも忘れてしまうのだな」

黒星はひどく悲しげな目をしながら、深くうなずく。

「わかった。改めて、最初から語って聞かそう。およそ十六年前。当時、馬頭であったおまえは……ある不幸により使命途上で死んだ」

「はい？」

これまでの言葉にはなかった歯切れの悪さを挟みつつ、黒星は語り出す。

そんな小さくもはっきりとしたつまずきを、内容に気を取られるあまり、疾風はつかみ損ねてしまった。

「しかし、玄武星君の厚情を賜り、再び馬頭として生を受けられることになった。幸いではあったものの、再生は誕生のようにはいかない。作り直した殻に戻す前に、一度違う殻に魂を移す必要がある。だから、おまえは人間に転生した」

「あー、えっと……」

「記憶とは殻の堆積《たいせき》だ。馬頭の記憶がないのは、その殻が壊れてしまったから。魂にも刻まれるが、新しい殻に入れば前の殻の記憶は奥深く封じられ、滅多に紐解《ひもと》かれない」

「殻って……んな、卵じゃあるまいし」

「だが、たとえ記憶を失っても、おまえは紛れもなく馬頭の疾風。等しく作られた殻はもちろん、温度や匂い、なにより魂でわかる」

　ざあああと音が聞こえてきそうなほど、疾風の顔から血の気が失《う》せていく。

　熱心に語る黒星の琥珀色の目は底の底まで澄み切っている。声にも迷いがない。いま語ったことを信じ切っているのだろう。これが芝居だとすればオスカー級の名演技だ。

　いつも自分を見ていただろうと、根も葉もない妄想を綴《つづ》った手紙を送りつけられ、怒りと恐れに震えた経験ならある。それだけに変質者には多少耐性があるのだが、黒星の話は殻やら魂やら転生やらと、さらに斜め上を行く剛速球。どうやらこのイケメンは実に爽《さわ》やかに頭のネジの具合が徹底的におかしい。

　言うなれば、これは危険な野生動物と芸人のガチンコ勝負。テレビ局はとうとう倫理を忘れたか。視聴率の奴隷めという義憤を感じながらも、いまはとにかく逃げたい疾風は全力で身をよじる。だが、腕をつかむ黒星の手はビクともしない。

「っの、ホントに馬鹿力だなっ……！　おい、手をはなせって！」

「どうして逃げようとする？　まさか、この期に及んでもなお、俺の話を偽りだと思っているのか？」

「思うに決まってんだろ！　魂とか転生とか、信じろってのが無理！」

「いっかな聞く耳持たずか。頑固一徹な態度は正しく疾風。いつもどおり愛らしく、感涙を誘うがいまは困りもの。どうしても認めないと言うのなら仕方がない。その目で確かめさせてやろう」

言うが早いか、黒星はぐいと疾風の腕を引き、肩に担ぎ上げる。

「ひぎゃっ」

驚き余って、疾風の口から上擦った悲鳴が飛び出す。

いくら痩せていても、それなりに大きさも重さもある中学男子をこうも簡単に持ち上げるとは。まさにゴリラ並みの腕力。

「ちょ……お、下ろせって！」

「そう怖がるな。落としはしない。それとも、こちらの方が安心か？」

「でえっ」

黒星は疾風を肩から下ろすと、ふわりと両腕に抱え直す。

転じた先は世に名高きお姫様抱っこ。どうしてこうなった？　疾風は両手で顔を覆いながら胸中で悲痛な叫びを上げる。

「やめろ！　はなせ！　しれっと状況を悪化させてんじゃねえよ！」

「すぐに着くから、おとなしくしていろ」

「おとなしくしてたまるか！　帰る！　いますぐ帰るから、下ろせっ」

「帰りたいなら、なおさら従え。これから向かうところが、おまえの住処《すみか》だ」

「はあ？　ふざけたこと言ってんじゃゃ――うっわ！」

一足飛び。そんな言葉を体現すべく、黒星がとんでもない速さで走り出す。仕掛けを考えるどころか、文句を言うヒマさえない。

風を切る勢いの凄《すさ》まじさに、疾風は思わず黒星の胸元にしがみつく。支えてくれる腕は力強く、保証どおり落っことされる心配はなさそうだが、それでも何かにつかまっていないと心許《こころもと》なかった。

理解の枠をバキバキとへし折っていく事態に目を白黒させるうちにも、黒星は切り立った崖《がけ》に挟まれた細い道を矢のような速さで抜けていく。ほどなく遮りが途切れ、視界が一気に開けた。

石が転がる河原の向こうに大きな川が流れている。川には長い橋が架かり、たもとには葉が一枚もない巨大な古木が生えていた。

「奪衣婆《だつえば》はいるか？　邪魔するぞ」

黒星が声をかければ、古木の陰からのそりと大きな影が現れる。

「誰だい！　開門前から騒ぐでないよ！」

耳をつんざくしわがれた大音声。新たな脅威の登場に疾風は身を硬くした。

「な、なんだよ、あの婆《ばあ》さん……」

木陰から出てきたのは規格外に大きく、異様な風体をした老婆だった。

白目ばかりが大きい目と裂けた口がついた面相に、ばさりと広がる白髪。ほとんど骨と皮しかないガリガリな体に白い着物を巻きつけた姿はまさに山姥《やまんば》。出刃包丁を手にすれば、このうえもなく様になるだろう。

疾風はごくりと唾《つば》を飲む。

むやみに怖がる必要はない。この婆さんも特殊メイクの仕掛け人に決まって……果たして本当にそうだろうか。自信が持てない。

徐々に身を縮めていく疾風をよそに、黒星と奪衣婆は話を進めていく。

「黒星、おまえかい。朝っぱらから騒がしいのう」

「すまん。何分火急でな」

黒星は老婆の前で立ち止まると、テヘペロ程度の気安い口調で詫びる。

妙にアットホームな雰囲気。だが、油断は禁物。この婆さんも悪徳スタッフの一味なのだから。疾風が警戒に目を細めた瞬間、ずずいっと奪衣婆が詰め寄ってきた。

至近距離のリアル山姥の威力に呼吸が止まる。見栄《みえ》も体裁も、相手が頭のぶっ飛んだ変態であることさえ忘れて、疾風は黒星に縋《すが》りついた。

「……黒星、こいつはぁ」

「ああ、そうだ。疾風が人として死んで、馬頭として地獄に帰ってきた」

「やはりそうか！　なんともめでたい！　じゃが、甦ったばかりにしては随分と年を喰ってやしないかい？」

「俺も目にした時は驚いた。そのうえ、人の頃の記憶まで残している」

「はて面妖《めんよう》な。そんな奇怪なことがあるもんかねえ」

「わからん。しかし、いまは疾風に己が馬頭であることを認めさせるのが先だ」

黒星は川べりまで歩み寄り、疾風を下ろす。

「そこに姿を映してみろ」

黒星は石の塊の合間にできた水溜《みずた》まりを指差す。

疾風はぎりぎりと歯を食いしばる。

一方的な要求にむかっ腹が立ったが、逆らってもゴリラ腕力で無理やりのぞかせられるに違いない。嫌々ながら小石が敷き詰まった河原に膝をつき、水溜まりをのぞき込む。

漂う空気はおどろおどろしいが、水は驚くほど澄んでいる。鏡のような水面《みなも》は疾風の姿をよどみなく映し出した。

「……は？　なんだよ、これっ……」

自分の目で確かめているにもかかわらず、見たものをすぐには信じられなかった。

髪や恰好なら、勝手にいじられたで済んだ。けれど、この晴れた空みたいな真っ青な目の色はなんなのか。震える指を伸ばして確かめてみたが、コンタクトなどの異物がはめられている感触はまったくない。

嘘《うそ》だろとつぶやきながら、疾風はさらに勇気をふりしぼり、目の色以上に耐え難い変化に指を移す。触れたのは額の中央——そこに生えている細い一本の角。

角を通し、はっきりと伝わってくる指の感触と温度が、自分の体の一部として角が額に根づいていることを知らしめてくる。

紛れもなく本物。疾風は悲鳴を上げながらのけ反り、河原に尻もちをつく。ガクガクと大きく震え出した手で衣服の胸元をつかめば、痛いくらいに心臓が騒いでいた。

「ちが……違うっ。こんなの、俺じゃ——」

ないと続けたかった言葉の代わりに、疾風の目じりに涙がにじむ。

必死に否定を繰り返す裏側で、疑いもなく信じていたすべてが脆《もろ》く崩れ去っていくのを感じた。瓦礫《がれき》まみれの頭の中でたったひとつ残ったのは、黒星の話が本当だったという嫌過ぎる現実。

「俺の話が真実だということがわかっただろう？」

そばに寄ってきた黒星が膝をつき、静かに声をかけてくる。

無言のまま、疾風は項垂《うなだ》れる。

拒みたくても根拠がない。違うと言い張る気力もない。普通の中学生から一転、自分は馬頭とやらになってしまったらしい。

不意に、ぽすんと頭の上に温かいものがのる。よしよしとなでる感触で、見なくともそれが黒星の手であるのがわかった。

「人間の心を残す身にとって、今の姿がどれほど受け容《うい》れ難《がた》いか。詳《つまび》らかにとはいかずとも察しはつく。泣きたいなら、いくらでも泣くがいい。俺がすべて受け止めてやる」

胸を貸してやるとばかりに、黒星は疾風に向かって腕を広げてみせる。

疾風は力ずくで涙を飲み下してから、固い胸板を押し返す。

自分こそが泣きたくなる現実を突きつけてきたくせに。心底悔しい腹立たしい。

だが、それでいて何故か、頭にのった手をはらいのけたいとは思わない。わずか、本当にちょっとだけ、かけてくれるいたわりにホッとする……気がしないでもない。もちろん、間違っても胸に飛び込んだりはしないが。

「……なあ、俺ってなんで死んだんだ？」

どこか独り言めいた口ぶりで疾風は尋ねる。

ノロノロと亀《かめ》の歩みながらも、思考能力が戻ってきている。落ち着くためにも、いまはまずそれが知りたかった。

「おかしな話だけど、全然思い出せない。朝、学校に行こうとしていたのは覚えている。でも、そっから先の記憶がない」

「臨終の記憶が曖昧というのはよくあることだ。突発的な事故など、自覚がない状態で死ぬとそうなる場合が多い。中にはずっと無我のまま、山川を越えてくる者もいる」

「でも、ずっとこのままじゃ気持ち悪いし……」

「安心しろ。最初の審議で秦広王《しんこうおう》に目通りすれば、己の死に様を知ることが叶う。おまえの場合は閻魔王《えんまおう》が教えてくださるだろう」

「それを早く言えよ！　だったら、いますぐ俺を閻魔王のところに連れていけっ」

疾風は黒星の手を頭から引きはがし、立ち上がる。

嫌は嫌だが、死んでしまったのなら仕方がない。諦めもするし、納得もする。けれど、何もわからないまま、はいそうですかでは済ませられない。奇怪な姿と向き合うためにも、きちんとけじめをつけたかった。

「慌てなくても、元よりそのつもりだ。おまえが甦ったことを報告せねばならん」

「そうさえ。地獄の万事は閻魔王の手の上。大事も小事も、あの御方抜きには語れねえ」

黒星に続き、近寄ってきた奪衣婆が合いの手を入れてくる。

「なら、さっさと行くぞ！」

いきり立つ疾風に、黒星はどこか楽しげに咽喉を鳴らす。

「相変わらず、疾風は短気だな」

「ほんにな。この青臭いがなり声、懐かしいモンだよ」

黒星と奪衣婆の言い様に、疾風はむうと眉根《まゆね》を寄せる。

相変わらずだの懐かしいだの、ついさっき出会ったばかりだというのに。しみじみされる謂《いわ》れはない。

「言っておくけど、俺は俺だからな！　昔のことなんて知らねーし！」

「ああ、それでええさ。おまえが無事に帰ってきたんじゃから。ところでな、疾風坊」

奪衣婆の呼び声に、疾風は反射的にそちらを向く。途端、口の中に何かねじ込まれた。

「何事も急いては仕損じる。そいつを食って、落ち着きな」

にいと笑う口元からのぞく、尖《とが》った歯の迫力に押され、疾風は素直にうなずく。

婆さんはおっかないが、口の中に広がる味は甘い。コロコロとした触感からするに飴《あめ》のようだ。

「世話をかけたな、奪衣婆。では、行ってくる」

「おう。気ぃつけてな」

黒星は奪衣婆に挨拶《あいさつ》を済ますと、疾風の手を取り歩き出す。

男同士の手つなぎなど、普段なら冗談じゃないとふりはらうところだが、いまの疾風にそんな気概はない。合わせて疾風《しっぷう》と呼ばれることにも抵抗感を失いつつある。

黒星に引かれるがまま、疾風は橋を渡る。途中、疲れ切った表情で四方を取り囲む尖った山々を眺める。昇りはじめた太陽から差し込む光がキラキラと目映《まばゆ》い。

そういえばと、疾風は遠くの山並みに目を凝らす。

結果は目覚めた時と同じ、やはり以前よりずっとよく見えるようになっている。ぐぐっと眼球を引き絞れば、山肌や木々の葉の様子まで捉《とら》えることができるほど。まるで秘境の部族並みの見えっぷりだ。

死ぬと目が良くなる法則でもあるのだろうか。いささか気持ち悪く思いながらも、それ以上に自分たちの他に誰もいないことが気にかかり、まずはそれについて尋ねる。

「ここって、いつもこんなにガラガラなのか？」

「いいや。あと半刻《はんとき》もすれば門が開き、死者たちの入山がはじまる。そうなれば、たちまち騒がしくなる」

「……そうか」

死者という言葉に感傷が呼び起こされ、疾風はすんと黙り込む。

他の人たちはどんな気持ちでここを歩くのだろうか。思いを馳《は》せれば、心がしんみりと冷えていく。明日が必ずくるとは限らない。そんな言葉を、まさかここまで実感する日が来るとは。じわじわと広がっていく寂しさに落ち込みかけた疾風を慰めるように、ふわりと舌先に甘味が広がった。

「……婆さんに、飴の礼を言うのを忘れた」

「またの機会に伝えればいい。これからはいつでも会える」

「……う。まあ、おいおい」

疾風はぐっと詰まり、ごにょごにょと言葉を濁す。礼は言いたいが、奪衣婆の迫力を思い返すと再訪問は気が進まない。

「ところで、ちょっと思い出したんだけど。さっきの婆さんって、死んだヤツの服を剝《は》いだりするヤツか？」

何の気なしに、疾風は黒星に問いかける。

あの世やら閻魔王やら、そんな単語を耳にするうちに小さい頃に聞きかじった話がぽつぽつと思い出されてきた。

「あと、三途の川の渡し賃が……六円だっけ？」

「……六文銭のことを言っているのか？　あれはとうの昔に廃れた習慣だ」

「そ、そっか。まあ、文銭なんていまは使ってないモンな……」

急激に黒星の声音と横顔が冷ややかになった。橋を渡り終えたのを機に、疾風はちらりと窺《うかが》い見る。

「なあ……なんか怒ってねえ？」

「当たり前だ！　これが怒らずにいられるか！」

黒星がいきなり大声を上げ、立ち止まる。

驚く間もなく、疾風はふり返った黒星に両肩をつかまれた。

「おまえ、俺のことはからっきし覚えていないくせに、奪衣婆のことは顔を合わすなり思い出すというのはどういう了見だ？」

「え？　は？」

「さっきも言ったように、魂の記憶の封じは頑強だ。しかし、ごく稀《まれ》に強い想《おも》いに呼び起こされることがある」

「へ、へえ」

「おまえにとって、奪衣婆との思い出がそれほど大切だったということか？　一対魂の片割れである俺にも勝る存在だったと？　顔を合わすたびにねじ込んでくれる飴が、そんなにうれしかったのか？」

　意味がわからず、疾風はぽかんと黒星を見上げる。

　しかし、黒星は真剣そのもの。堪忍ならないといった様子で話し続ける。

「童扱いするなと迷惑そうにしていたが、本当はうれしかったのだろう？　俺や他のヤツらは一個なのに、自分だけはこっそり三個という点に大層感じ入っていたのも知っている。おまえは熟女のあの手の贔屓《ひいき》に滅法弱かったからな。だが、そうだとしても俺より奪衣婆というのはあんまりではないか！」

「いや、そんな話は全然覚えてない……つうか、あの婆さんを熟女と呼ぶのはさすがに無理があるだろ」

「いくつまでを熟女と呼ぶか論争は、一七二年前に最終結論を出したではないか。十二《じゅうに》門神《もんしん》全員で五十年近く揉《も》め、ようやく至った結論をいまさら覆すと？」

「そんな論争も結論も知らねえし！　なあ、これからあと何回、おまえは俺に、そんな話は聞いたこともねえっていうツッコミを繰り返させるつもりだ？」

ひたすら、自分の知らない自分が面倒臭い。疾風はストレス過多の頭を抱え、怒鳴る。

「大体、五十年揉めたって。おまえら門神とやらはどんだけヒマなんだよ」

「何を言う。これほど慎重かつ細心の斟酌《しんしゃく》が必要な議論は稀――いや、いまはそんなことはどうでもいい。とにかく、疾風は薄情過ぎる。俺だって、饅頭《まんじゅう》を分ける時はいつも大きい方を譲ってやったではないか！」

「婆さんについては、生きていた頃に御伽話《おとぎばなし》で聞いたことがあるだけだ！」

疾風の声の限りの訴えに、黒星の表情からすこんと怒りが消える。

「……つまり、人の頃の記憶ということか？」

「ああ、そうだよ」

「なんだ、そうか。おまえにとって、俺は飴三個より軽い存在なのかと思い、焦ったぞ。いや、良かった良かった」

黒星は晴れやかに笑うと、疾風の手を取り直す。

「良くねえ！　つうか、いきなり怒ったりケロッと笑ったり、切り替えが早過ぎどころの騒ぎじゃねえっ。二重人……いや鬼格を疑う次元だぞっ」

「おっと、そうこうしているうちに着いた。見ろ、あれが死生を分かつ境界門だ」

何事もなかったかのように朗らかに話しながら、黒星は前方を指差す。

疾風はうんざりと息を吐く。

イライラするが、文句を言っても無駄ということはわかりはじめている。黒星は果てしなくマイペース野郎。いくら文句を言ったところで、絶対に通じないタイプだ。

諦めて黒星の指先を追えば、三段重ねの巨大な門楼が目に飛び込んでくる。

柱と壁は朱塗りで、葺《ふ》かれた瓦《かわら》は黒い。堂々と屋根の尖端《せんたん》を張り出した立ち姿は威厳さえ感じる。

さらに歩み寄り、疾風たちは壮麗な門の前に立つ。

距離が縮めば、それだけ門から受ける威圧感が増す。そっくり返りそうなほど首を反らさないと頂上が見えない。左右二枚ある巨大な扉もさぞ重たいことだろう。開け閉めにどれくらいの手が必要なのか、疾風には想像もつかなかった。

「この門をこえた先。そこが、現世であの世や冥府《めいふ》と呼ばれる場所だ」

「……いよいよ、本格的に死ぬってことか」

疾風のつぶやきを恐れの漏れと感じたのか、黒星はにぎる手に力を込める。

「人の場合、死は終わりでもあるが、同時にはじまりでもある。特に、おまえはすでにはじまりを迎えている。怖がる必要はない」

「別に怖がってねーし！　着いたのなら、さっさと手をはなせよ」

「もう逃げたりはしないか？」

「逃げる理由がないだろ。死に様を知るには、閻魔王に会うしかないんだから」

「確かに。それもそうだな」

黒星は楽しげに笑いながら、にぎった疾風の手を導くように持ち上げ、向かって右側の扉にひたりとあてる。

「なんだよ?」

「そのままでいろ。これから、俺とおまえのふたりで門を開く」

「ふたりでって。そんなの無理に決まってんだろ」

「いいから、見ていろ」

黒星は自信たっぷりに言いながら、疾風の手をはなすと、自分は少し離れて左側の扉に手をつける。

「特段、難しいことはない。ただ心静かに念じるのみだ。開け、と」

漫画やアニメじゃあるまいし、なんて反論は虚しいだけ。疾風はしぶしぶ目を閉じ、小声でそっと「開け」と唱える。

はじめに感じたのは手のひらにじんわりと広がるほのかな熱。そこからものすごい速さで体中に熱い波が駆け巡り、合わせて門を取り巻く空気が震え出す。

未知の感触に慌てる間もなく、重たげな軋《きし》みをたてながら扉が手から離れていく。疾風は呆然《ぼうぜん》と立ち尽くし、ひとりでに左右に分かれていく扉を見送った。

「他でもない。これこそがおまえが門神であり、俺たちが一対魂である証《あかし》だ」

傍らに並び立った黒星が誇らしげに告げてくる。

「門神は己が魂を鍵《かぎ》として、門の開閉を行う。これは一対魂がそろわねば果たすことができない。単身ではもちろん、他の門神と組んだとしても無理だ」

「……仕掛け、なんかないよな。角があって髪が燃えていて、おまけにこんな真似ができるなんて。俺、どこまで化け物になっちまったんだよ……」

疾風の力ないつぶやきに、黒星は思い切り顔をしかめる。

「何を言う。俺たちはすべての世の境界の守護を任された、誇り高き門神だぞ。浅ましき化生《けしょう》などでは決してない」

人間にはその違いがわからない。そんな文句をぎゅっと飲み込み、疾風は闇《やみ》に覆われた門の奥に目を凝らす。

この先どうなってしまうのか。覚悟を決めたつもりだったが、募る不安に意気地が萎《しぼ》んでいく。

「疾風」

はっと我に返った疾風がそちらを見上げれば、幸福このうえないといった笑顔を浮かべた黒星と視線がかち合った。

「おまえの戸惑いもわかるが……それでも俺は幸せだ。こうしてまた、おまえと門を開くことができたのだから」

真っ直ぐに親愛を向けられ、疾風の胸の内にえも言われぬ温かみが広がる。

不幸ぶるつもりはないが、我ながら寂しい人生を送ってきた。それだけに、こんなに必要とされるなら、おかしな姿も悪くないかもなどとつい思いかけてしまう。

「さあ、行こう。この先がおまえの故郷だ」

「……勝手に決めるな」

危うく黒星のペースに流されるところだった。自分を戒めるため、疾風はあえてぶっきらぼうに答える。

「それにしても、真っ暗だな。危ないから灯《あ》かりくらいつけろよ」

「いまはそう見えているだけだ。中に入ればすぐに明るくなる」

「嘘つけ。この暗さがそんな――」

文句を言いながら、疾風が門の中に踏み入った、瞬間。

幕を落としたかのように闇が取りはらわれ、周囲の景色が浮かび上がってきた。

どんと大きな門構えにふさわしく、中も驚くほどだだっ広い。屋内は石でできた白い壁に囲まれ、窓はひとつもない。床には十字形の幅広い道が伸びていて、てっぺんが見えないほど高い朱塗りの柱が幾本もそびえ立っている。

上空は闇がたゆたっているが、歩き回る分には困らないくらいに明るい。窓からの光がなく、ましてや電気もない堂内を照らすのは無数に飛び交う火の玉。ふよふよと漂う仄白《ほのじろ》い発光体を指し、あれは何だと尋ねたかったが、それ以上に無視できない存在が縦横の道が交わる中心に立っていた。

「あいつらは……？」

「俺たちと同じ門神だ。いまはヤツらが境界門を守っている」

守りの務めにふさわしく、並び立つふたりはそれぞれ長槍を手にしている。どちらも先程の黒星よろしく、衣服と槍の柄の色がそろっていた。

「向かって右が戌頭《いず》の露華《ろか》」

黒星がまず視線を向けたのは、目元涼やかな長身の美女。

メリハリの利いた抜群のスタイルと、キリッとしながらも程良く甘い美貌《びぼう》は雑誌やＣＭに出てくるモデルのよう。

衣服の色は肌の白さを際立たせる群青。たとえ頭上に二本の細い角があっても、本体が華やかな女性だと受ける印象が随分と違う。毛先が揺らめく桜色の髪を流し、背筋正しく立つ姿はそれだけで絵になっていた。

「そして、左が卯頭《うず》の翠葉《すいよう》だ」

続いて黒星が視線を移した先には、小型の草食動物めいた中背の男。

いわゆるマスコットキャラといった感じか。少し垂れた大きな目をくりくりと瞬《まばた》かす様子が愛らしい。

まとう衣服は柔らかい若草色。頭頂部でまとめられた金茶の髪が小さなたてがみのようにフワフワと逆立っている。その髪の束の両脇《りょうわき》から二本の角が尖り出ているが、正直なところ化け物的な怖さはゼロだ。

「露華！　翠葉！　疾風が戻ったぞ！」

紹介を終えるなり、黒星はすたすたとふたりに近寄っていく。

他にどうしようもなく、疾風はそのうしろを追った。

「門が開いたから、まさかとは思ったけど……これはどういうこと？」

「え？　え？　ええっ？　確かに疾風だけど、なんかおっきくない？」

モデルこと露華も、マスコットキャラこと翠葉も、反応は奪衣婆と同じ。疾風がこの姿であることが不可解でならないらしい。

「何故かこの大きさで戻ってきた。しかも、頭の中身は人のままときている」

黒星が同じ説明を繰り返せば、露華と翠葉は呼吸を合わせて首を左右対称に傾げる。

「そんなことが」

「あるの？」

双方からずいとのぞき込まれ、疾風は首をすくめる。

この大きさだったり、人間の記憶があったりするのはそれほどまでにおかしいことなのだろうか。だんだん不安になってくる。

「露華、翠葉。見目がそのままであっても、疾風には馬頭の頃の記憶が一切ない。そうジロジロと見ないでやってくれ。可哀想《かわいそう》に、すっかり怯《おび》えているではないか。ああ、普段より体温が大豆の薄皮分ほど下がっている」

黒星は庇《かば》うように疾風を抱え込み、角を避けながら額に手をあてる。

「怯えてなんかねえしっ。あと大豆の薄皮分って何度だよ？　適当なこと言うな！」

疾風は怒鳴りつつ、黒星の手を額から叩き落とす。

「心外な。おまえの体にまつわることは、物心ついた頃よりすべて記憶しているぞ。髪や肌の匂いはもちろん、体温や鼓動の速さの平均値とてちゃんと――」

「黙れ！　真剣な顔で変態発言してんじゃねえ！」

「いっだ！」

不快指数が半端ない。疾風は力いっぱい拳をふり切り、正々堂々とストーカー発言を繰り出す黒星の横面を殴り飛ばす。

騒がしい両者の前で、露華と翠葉はそろってうなずく。

「頭の中身がどうであれ、疾風は疾風ね。魂は争えない」

「ねー。ホント、やり取りまでそっくりそのまま。なにひとつ変わらないね」

露華と翠葉の言い様に疾風は身震いする。

頼むから、そんな風に自分の知らない自分を懐かしがるのはやめてくれ。あと、過去とやり取りがなにひとつ変わらないとか、真剣にやめてくれと本気で訴えたかった。

「おかえり、疾風。また会えてうれしいわ」

「夢みたいだよねー。感動だよー。早速、皆でお祝いしなくっちゃ」

諸手《もろて》を挙げての歓迎に疾風は黙るしかなくなる。とてもではないが、自分は覚えていないから祝われても困るなどと言い出せる雰囲気ではない。

「でもさ、こうして疾風が戻ったことはもちろん喜ばしいけど、僕はなにより、黒星が寂しい思いをしなくて済むってことがうれしいなあ。片割れと離れ離れなんて、僕なら絶対に耐えられない。露華ちゃんに会えなかったら、寂しくて絶対に死んじゃう」

熱烈な愛の告白とも取れる翠葉の言い様に、疾風はぎょっと目を剝《む》く。しかし、すぐさま驚いているのは自分だけだと思い知った。

「それは私も同じよ、翠葉。あなたが隣にいない日々なんて胸が潰《つぶ》れそう。私たちは宿した地獄火が燃え尽きる瞬間までずっとひとつ。決して離れはしない」

「うれしい！　露華ちゃん、大好き！」

「ああもう！　なんて愛《う》いの、私の片割れは！」

翠葉は長槍をほうり出し、露華の懐に飛び込む。

露華もまた槍を捨て、美貌をへにゃっと蕩《とろ》けさせながら翠葉を抱き締める。

突然のラブシーン。疾風はぽかんと目を丸くする。

邪魔者は退散とばかり、どちらの槍も持ち主が手をはなした途端にパシンッと消えてしまった。黒星の時もそうだったことを思い出すに、どうやら出し入れ自由らしい。

「つうか、ちょっとは遠慮しろよ……」

あたり構わずのイチャつきぶりに呆れながらも、疾風はついつい翠葉が頬をすり寄せている露華の胸元に注目してしまう。悲しい男の性《さが》という名の不可抗力だ。

平均をはるかに上回るモフモフとしたふくらみはいかにも柔らかそう。ここは死後の世界とか、あの極上のクッションの持ち主が人間じゃないとか、点在するマイナス要素を考慮に入れても、包まれているヤツがわりと本気で羨《うらや》ましい。

もし、黒星が女で、露華に負けず劣らずのわがままボディの持ち主だったら、出会った時点であっさり流され……いやいやいやいや！　いくらなんでも自分はそこまで即物的ではない……はず。多分。

少なくない動揺を抑えつつ、疾風は黒星を見上げる。

「なあ、コイツら何なんだよ。バカップルか？」

「ん？　ばかぷる……とは何だ？」

「馬鹿みたいにお互いが好きな者同士かって聞いてんだ。それとも、新婚夫婦とか？」

「恋仲でも夫婦でもない。露華と翠葉は俺たちと同じ、一対魂の片割れ同士。魂を分かつ双方が共に在りたいと欲することに何ら不思議はない」

「不思議はないって……じゃあ、一対魂とやらはベタベタ抱き合うのが普通なのか？」

疾風にすれば、黒星のやることなすこと狂っているとしか思えなかったが、露華と翠葉の様子を窺う限り、あの世ではまっとうな対応だったのかもしれない。

外国でハグやキスが挨拶であるのと同様、場所が違えば常識も変わるというのはよくあること。一方的に変態と決めつける前にちゃんと確かめるべきだったか。

「別にそんなことはないぞ。同じ一対魂といっても、在り様はそれぞれ。支合か否かといった先天運の違いもあるしな」

「やっぱり、おまえがおかしいんじゃねえか！　反省して損した！　いいか、言っておくが俺たちはああいうのはナシだからな！　今後一切、必要以上にすり寄るな抱き締めるな匂いを嗅《か》ぐな！　わかったかっ……って、しごうって何だよ？」

悪びれる様子もない返答に改めてブチ切れながらも、聞き慣れない言葉が妙に耳に引っかかり、疾風は意味を尋ねる。

黒星はわずかの間、思案する風に眉根を寄せていたが、やがて疑問をかわすように踵を返してしまう。

「ああなると、ヤツらはしばらく互い以外の一切が見えなくなる。詳しい話はまたあとでするとして、いまは急ごう」

「ほっといていいのか？　あんな調子で門番が務《つと》まるのかよ」

「その点はふたりとも弁《わきま》えている。心配はいらん。それより、ほら。こっちだ」

黒星は苦笑しつつ、疾風を促す。

「この十字路はあの世の各処につながっている。真っ直ぐ進めば十王庁《じゅうおうちょう》のはじまりである秦広庁《しんこうちょう》。右に進めば極楽。そして、左に進めば地獄だ」

「やっぱり、地獄に行くのか……」

「決まっているだろう。閻魔王が地獄におらねば、どこにいるという？」

黒星の返答に、疾風は胸の内でうへえとうめく。

薄々わかってはいたが、ずばり告げられるとみぞおちあたりがズッシリ重くなる。地獄に関する知識はほとんどないが、明るく楽しい場所でないことだけは確実だろう。

「閻魔王のいるところまで遠いのか？」

「いいや。門を出ればすぐに着く」

疾風はこっそり胸をなで下ろす。

少なくとも、血みどろの地獄をあちこち歩き回る必要はないらしい。

「閻魔王は地獄の至宝。まさに雲の上の存在だが、なんというか……大層気さくな御方であられる。だから、謁見といっても肩を張る必要はない。ただし、無礼な口を利いてはならん。絶対にならん。いいな？」

疾風の胸に疑いのシミが広がる。

いまの黒星の含みのある言い方。怪しい。絶対に何かヤバイことがあるに違いない。

「……そりゃまあ、ここで一番偉いヤツに理由もなく喰ってかかりはしないけど、なんか矛盾してねえか？　気さくなのに軽口叩くなって」

「我々ごときの口が多少過ぎようと、閻魔王は歯牙《しが》にもかけん。ただ――」

すべてを聞き終わるより先、楼門の外に出てしまう。

一歩踏み出した途端、疾風は目を見張る。

道を挟んだその向こうに、驚くほど雄大で壮麗な建物が建っていた。

とにかくデカい。ドーム何個分か。左右に伸びた殿堂は端が霞《かす》むほど長く、中心には五層の塔がそそり立っている。

「ここが地獄最大の裁きの場である閻魔庁《えんまちょう》。塔は閻魔王の居所であることから、そこだけ閻魔殿《えんまでん》と分けて呼ぶこともある」

説明する黒星のうしろに続きながら、半ば観光客気分で疾風はあたりを見回す。

勝手に悪の親玉のアジトのようなものを想像していたが、まるで違う。門も殿堂も世界遺産の史跡のように華麗で立派。極彩色の絵画で飾られた天井や、細かい細工が施された柱や壁など、どれもすごい迫力で目が奪われる。

三途の河原や境界門同様、堂内もまた静かで猫の仔の影さえない。金棒を手にした鬼が居並ぶ光景を覚悟していただけに、いささか拍子抜けしてしまう。もちろん、この方がありがたいので文句はないが。

「これは、白蠟《びゃくろう》様」

黒星がいきなり立ち止まる。

当然の結果として、よそ見をしていた疾風はその背中にぶつかるハメに陥った。

「ぶっ……おい、急に止まるなよ」

打った鼻先をさすりつつ、疾風は黒星の陰からひょいと首を伸ばす。

黒塗りの柱が並ぶ広い廊下の真ん中にひとりの男が立っている。白い着物に、草花の刺《し》繡《しゅう》が入った銀地の長羽織《ながばおり》を重ねた出で立ちはまるで掛け軸の中の仙人のようだった。

「刻限前に門が開くなど、何事かと思いましたが……なるほど。随分と想定外の事態が起きたようですね」

管弦のごとく耳心地の良い声もそうだが、顔はさらに美麗これ極まりなし。

濃紺に砂金を散らしたような珍しい目はラピスラズリによく似ている。合わせて形の良い眉《まゆ》、高い鼻筋で築かれた面相を眺めていると、眉目《びもく》秀麗などと、死ぬまで一度も使ったことがない四字熟語が浮かんでくる。

こっちもまた、青みがかった黒髪の合間から真っ白い二本の角を生やしている。見た目がそれっぽくなくても立派に鬼なのだ。

「姿かたちは馬頭のようであるものの、目の光は妙に人間臭い。頭の中身もそれ相応ということですか?」

白蠟と呼ばれた男は双眸《そうぼう》をすっと細め、品定めでもするかのように疾風に視線を注ぐ。目と目が合った瞬間、肉食獣に狙《ねら》われた小動物よろしく、疾風は反射的に黒星の背中の陰に隠れていた。

なんかヤバイ。つうか怖い。それが疾風の白蠟に対する第一印象。

ほほえむ顔は穏やかで上品。体つきも同様。身長は黒星と張れるほど高いが、肩や腰の線はひとまわり細い。ひ弱な印象はないが、どちらかといえば痩せ気味といえる。

そんな風に、容姿や雰囲気に怯える要素はまったくないのに、何故か怖くて怖くて仕方がない。多分、目の奥の光が滅多やたらに冷たいせいだろう。取り立て屋、いや殺し屋。とにかく堅気じゃない。

疾風のあからさまな回避に気を悪くした様子もなく、白蠟は目元と口元に微笑をたたえたまま、ついと顎をそびやかし、黒星に目を向ける。

「馬頭の時分の記憶はないのでしょう?」

「残念ですが、そちらはまるで」

「にしては、挙措振る舞いがそのままですね。いまもまた、こちらの顔を見るなり貴方《あなた》のうしろに隠れて。ほら、出てきなさい。捕って喰いはしませんから」

白蠟の優しい呼びかけに、疾風は黒星のうしろでさらに縮こまる。

理由は知らねど、あの柔和な笑顔や態度が嘘だとわかる。野生の勘が告げてくるのだ。

コイツは危険、近寄るなと。

「白蠟様。お察しのとおり、疾風は人の記憶を残したまま、転生してしまっています。そのせいで非常に混乱していて……どうかそこを汲《く》んでやっていただきたい」

見兼ねた黒星の助け舟に、白蠟はふうと息を落とす。

「相変わらず過保護なこと。甦ったばかりだといって、甘やかし過ぎるのもどうかと思いますが……、いまは貴方の言い分を通すとしましょう」

とりあえず、助かった。疾風は全身から安堵《あんど》の息を吐き出す。

一方で白蠟は優雅に身を翻し、手を打つ。

「鹿鳴《ろくめい》、ここへ」

打ち鳴らしの音が消えるより早く、廊下の向こうより小さな影が駆け寄ってきた。

「はい！　白蠟様！　何か御用ですか？」

肩を弾ませる鬼はまだ子供のよう。背丈は白蠟の腰くらいで、顔立ちも幼い。短い巻き毛からのぞく角が鹿《しか》のように枝分かれしているのが特徴的だった。

「閻魔王を起こしてきてください。今日は槿花《きんか》の寝所にいます。早急に乾坤宮《けんこんぐう》にお越しくださるようにと」

「えっ……私がっ？　お、お言葉ですが、生きて御命令を遂げられる自信が……」

「貴方の役目は部屋の外脇に吊《つ》るしてある紐《ひも》を引き、中で閻魔王が起きた気配がしたら、乾坤宮にお越しくださいと声をかけるだけ。扉を開く必要はありません」

「は、はい！　それならばっ」

鹿鳴はぴょんと背筋を正すと、すぐさま駆け去っていく。

「では、我らも向かうとしましょう」

白蠟は声をかけ、鹿鳴とは反対の方向に歩きはじめる。

あとに従う黒星と一緒に、疾風も進む。

歩きながら、防壁もとい黒星の背中越しに白蠟の様子をのぞき見る。

「……何者だよ、アイツ」

白蠟に聞こえないよう声を潜めながら、疾風は黒星に尋ねる。

「鬼神の白蠟様だ。閻魔庁の冥官長《みょうかんちょう》を務めていらっしゃる」

「みょう……？」

「わかりやすく言えば、閻魔王の次に偉い方だ」

黒星の解説に、疾風はああと納得する。

閻魔の次に偉いともなれば、おっかないのも無理はない。見た目がやたらに美形なのも迫力倍増に一役買っている。

「待てよ。ってことは」

それより上の閻魔王は白蠟よりも恐ろしいということか。そんな相手と対峙《たいじ》して、果たして無事に済むのか。すでに死んでいる身とはいえ憂鬱《ゆううつ》になってくる。

「……いや、違う。生き返ったんだっけ？　あー、もう。ややこしいな」

「どうした？　さっきからブツブツと。あ、便所にでも行きたくなったか？」

「違う！　あのな、子供扱いはやめろ。ムカつくから」

「さっきもいまも、俺の背中に隠れて震えているヤツがどの口で言う？」

「それはっ……し、仕方がねえだろ、アイツなんかヤベーし！」

疾風はムキになって、言い訳めいた反論を口にする。

片割れの焦る様子が楽しいのか、それとも同意の示しか。黒星は低く咽喉を鳴らす。

「覚えておらずとも、白蠟様に対する苦手意識は変わらんようだな。ま、かくいう俺も恐ろしく思うことがある。だが、むやみに怯える必要はないぞ。規律に背かん限り、無体にお叱りを飛ばすような方ではない」

「……その前提が不気味なんだけど」

「疾風」

白蠟からいきなり名を呼ばれ、疾風は飛び上がらんばかりに驚いた。

「はいっ？」

「何はともあれ、貴方が無事に戻ったのは喜ばしいこと。まずは言祝《ことほ》ぎを贈ります」

「どうも……ありがとう、ございます」

「ところで、乾坤宮と聞いて、何か思い出すことはありますか？」

「いいえ、何も……」

「そうですか。では、簡単に説明を。乾坤宮とは閻魔庁の中央部。死者たちが裁きを受ける場所です」

白蠟は話しながら、行き着いた両開きの扉に手をかける。

「死者は臨終から七日ごとに審議を受けます。第一庁で秦広王から生前の殺生、第二庁で初江王《しょこうおう》から盗み、第三庁で宋帝王《そうたいおう》から邪淫、第四庁で五官王《ごかんおう》が嘘と、各王がそれぞれの罪を明らかにしたあと、五番目にあたるここで閻魔王より審判を申し渡される」

開かれた扉の向こうには、比べものにならないほど大きく立派とはいえ、学校の講堂を思い起こさせる部屋が広がっていた。

奥には十段ほどの階段を備えた檀上《だんじょう》があり、そろいの装飾の黒紫檀《こくしたん》の演台と椅子《いす》が置かれている。

檀上の背後には、真紅の地色に二頭の獅子《しし》の縫い箔《はく》を施した巨大な壁織物《かべおりもの》がかけられている。隆々と勇ましい獅子たちの眼光は縫い物とは思えないほどのすごみを放っていて、疾風はついあとずさりしそうになってしまった。

「即ち、ここは地獄の心臓部。あの世の秩序の総締めといっても過言ではありません」

白蠟は氷の上を滑るような足取りで部屋の半ばまで進むと、そこでふり返る。

「これより、貴方の身に起きた怪事の真相を明らかにします。異論はありませんね？」

「……ないです」

「よろしい。ああ、ちょうどいらしたみたいですね。思ったより早くて良かった」

白蠟が視線を巡らせれば、申し合わせたかのように壁織物の端がめくり上がった。

「お～い、なにぃ？　まだ開門前だっていうのに。あ～も～、かったりぃなあ」

現れたのはまだ若い男。気だるげな身ぶり。アンニュイに間延びした声。

そして、なにより。

「ちょ、なっ……なんでマッ……」

叫びかけた疾風の口を、黒星が速やかに手で覆う。

もがもがと音なき悲鳴を上げながら、疾風は愕然《がくぜん》と男を見つめる。

見たくない。心底見たくないのに丸見え……そう、男は肩にかけた朱赤の長羽織と足履き以外に何も身につけていないという、限りなく全裸に近い半裸だった。

だが、そんな礼儀も道義も知ったこっちゃねえ的な恰好のくせに、男はチカチカと目が眩《くら》むほど美しい顔をしている。おまけに、むせ返るほどに艶々《つやつや》しい色香までふり撒《ま》いているので何重もの意味で目が離せない。

至高の美貌と公然猥褻物《わいせつぶつ》。相反するものを同時にひけらかしながら、男は右手で寝癖だらけの濃紫の髪を掻《か》き、左手で真紅の瞳《ひとみ》をこすりつつ、こちらに近寄ってくる。

「なーあ、白蠟、アレなに？　朝から死ぬトコだったんだけど？」

歩く破廉恥兼、謎の超美男子は白蠟の肩に手を置き、あくび交じりに話しかける。

「貴方を起こすための仕掛けです。私が作りました。普通に呼んだところで、お目覚めにならないでしょう？」

白蠟はほほえみを深くする。

男女問わず、眺める者を桃源の境地に誘う優美な笑顔。ただし、瞳の奥は少しも寛《くつろ》いでいない。正直怖い。

「ええ〜。いくら寝起きが悪くても、あそこまでやる？　普通はやらないよねえ？」

「普通の基準を貴方の域に引き上げれば十分に適応内です。目覚めと同時に死の危機に瀕《ひん》したくなければ、首根っこを引きちぎりたくなるような寝穢《ねぎたな》さを改めてください」

吐息がかかるほど顔を寄せる男に対し、白蠟はあくまで優しい口調で述べる。

態度と発言の内容が万里《ばんり》の長 城《ちょうじょう》級にかけ離れている。正直怖い、怖過ぎる。

「は〜、もうあり得ねえ。朝っぱらから悪質な嫌がらせを受けて、今日一日のやる気がなくなった。全部、白蠟のせい。どうしてくれんのぉ？」

「私の創意工夫が貴方の心に不快をもたらしたかと思うと、血肉がわき躍るほどの英気が

漲《みなぎ》って参ります。精彩過剰のあまり、うっかりその馬鹿面《ばかづら》に拳を叩き込みそうです。どうかそうなる前に、長羽織の前を合わせてもらえませんか？　下穿きを身につけろなどと、高望みは申しませんので」

「俺さあ、罵《ののし》られたり縛られたり、屈辱的な恰好や台詞を強要されたり、ゴミと蔑《さげす》まれるのでさえ嫌いじゃねえっていうか、むしろどんとこいって方だけど、白蠟とアイツにやられるのだけは無理。特におまえが生理的に無理。ひたすら萎《な》える。全然興奮しねえ」

「理屈ではなく本能からの拒否、このうえなく光栄です。あと、いい加減に黙れ。このトチ狂った被虐性淫乱症《いんらん》が」

疾風は固唾《かたず》を飲んで双方の応酬を見守る。

内容はさて置き、白蠟の絶対零度のほほえみの恐ろしさといったらない。普通なら卒倒するか、ひれ伏して許しを請うか、いずれにせよまともに立っていられない。

しかし、超美男子は平然どころか、だらだら不平不満かつ、こっちがバラしていいのかと心配になるような己の性癖を垂れ流し続けている。まず尋常の神経ではない。

「あの方が並々ならぬ存在で、間違っても素っ裸《すっぱだか》と紙一重と指差してはいけないことがわかったか？」

黒星の確認に対し、疾風はこくりとうなずく。すでに反論の余地はない。

「なら、手をはなすが……いいか？　絶対に余計なことを言ってはならんぞ？」

念を押してから、黒星は口元から手を剝がす。

久々の解放感に疾風はぷはっと大きく息を吐いた。

「……で？　アレは何者だ？」

「この期に及んでそれを尋ねるか？　他でもない、あの御方が閻魔王だ」

「…………………何だって？」

「だから、あそこにおわすのが閻魔王だと言っている」

疾風は素早い瞬きを繰り返したあと、生まれたままの姿の大部分をさらけ出している超美男子に再び目をやる。

あれが閻魔王？　地獄のボス？　一番偉くて怖くて厳しいあの世の裁判長……鬼になった自分の姿と同じくらい受け容れ難い事実に疾風は短い悲鳴を上げた。

「嘘だろ！　だって、閻魔ってもっとこうっ……あれじゃただの露しゅ――」

「しっ！　それ以上、言ってはならん！」

口に指をあてた黒星に制され、疾風は慌てて叫びを飲み込む。

だが、混乱は収まらない。昔、絵本で見た閻魔王は図体《ずうたい》が大きく、おっかない顔をしていた。真っ赤な肌、くわっと見開かれた目に立派な黒髭《くろひげ》。それなのに、いま目の前にいる本物の閻魔王ときたら。

顔はキラキラ感満載の超美形で髭も厳《いか》つさも皆無。身長も疾風より少し高いくらいしかなく、剥き出しの肌は陶器のように白くスベスベ。体の線も柳のようにたおやかで、下の方のやたらに激しい自己主張がなければ男かどうかさえ疑わしい。

いや、外見上のアレコレは流そう。そもそもが人間の勝手な想像。まるで違っていても文句は言えない。しかし、中身の方となれば、そうは問屋が卸さない。

とにかく、露出狂は勘弁。ドMの疑いがあるのはさらに勘弁。イメージダウンどころの話じゃない。たとえ勝手な思い込みと言われようとも、地獄の統括者にせめてそれくらいの理想は持っていいはずだ。

「おまえさっき、閻魔王を気さくな御方とか言っていたけど、アレは絶対にそんな生易しいモンじゃねえぞ」

「閻魔王は我々が推し測れるような御方ではない。とにかく、すべてにおいて途方もなく豪壮でおられる。見た目や立ち居振る舞いに惑わされるな。さっきも言ったように、敬意を疎《おろそ》かにしてはならんぞ」

「じゃあ、白蠟……様のアレはいいのかよ?」

押し殺した声で疾風は尋ねる。

指摘する勇気はもちろんないが、突っ込まずにはいられない。あの口の利き方が許されるなら、タメ口くらい余裕でセーフだ。

「白蠟様は特別だ。己と同等に捉えるなど言語道断。そんな考えはいますぐ捨てろ。でなければ、いずれ必ず恐ろしい目に遭うぞ」

疾風と黒星がヒソヒソと密談を交わしているところに、閻魔王がペタペタと足履きを鳴らしながら歩み寄ってくる。

「さっきから銀の尻尾《しっぽ》がピョコピョコ目に入るなあって思ったら、疾風じゃねえか。なに？　戻ったの？」

疾風はぎくりと全身を強張《こわば》らせる。

様々な意味で近づいてきて欲しくない。止まってくれないならせめて下のあたりを隠して欲しい。

「翌朝、死出の山に降ろされるから迎えに行ってやれ。そう、更けに黒星へ伝令鳥を飛ばしたのは貴方でしょう。忘れたんですか？」

「え〜、そうだっけ？　ま、いいじゃん。こうして無事に甦れたんだから」

白蠟の嫌味を飄々《ひょうひょう》と受け流し、閻魔王は疾風の前に立つ。

「よう、疾風。久しぶり〜。また会えて、俺はうれしいぞ〜って、あれ？　なんか中途半端に大きくね？」

「黒星が言うには、戻った時からこの年恰好だったと。しかも、人の頃の記憶をそのまま残しています」

「へえー」

「あと、腰紐をどうぞ。大概に不愉快ですので、猥褻物の遮蔽《しゃへい》をお願いします」

白蠟は注釈を加えつつ、懐から出した腰紐を閻魔王に押しつける。

「俺は覆い隠している方が不愉快なんだけどなあ」

「貴方の倒錯した肌感覚なぞ知ったことじゃありません。なんなら積年の不快感を解消すべく、この場で切り落として差し上げましょうか？」

「あ～、はいはい。おまえが言うと冗談に聞こえねえし、恍惚感《こうこつかん》もねえ」

閻魔王はさも嫌そうに顔をしかめながら、長羽織の前を合わせ、腰紐《こしひも》を締める。

「しっかし、前世の歳月と記憶の残留ねえ。少しばっか前もあったよなあ、こういうの。九百年くらい前？　だっけ？」

閻魔王は顎に手をあて、右に左にと首をひねる。

「正確には八九四年前ですね。やはり、あれと同じ事象でしょうか」

「多分ねー。とりあえず、調べてみるか。来い、倶生神《くしょうじん》」

閻魔王がちょいちょいと指で招く。

すると、疾風の両肩の上にふたつの小さな光の渦が現れた。

「うわっ」

疾風が声を上げると同時、渦はポンッと音をたて、金と銀の毛並みを持つ生きものに姿を変える。

どちらも手のひらサイズ。背に白い羽を生やし、すいすいと自由に空中を舞っている点は普通の獣と大きく違うが、見た目は狐によく似ていた。

金は左耳に藍《あい》。銀は右耳に朱。それぞれ組み紐のような飾りをつけている。長いそれを金魚の尾のようにヒラヒラさせる姿はかわいらしく、またどこか神秘的だ。

「ヤツらは倶生神と呼ばれる双生神。金が男神の同名《どうめい》、銀が女神の同生《どうしょう》。人間が生まれて死ぬまでの間、その肩に宿り、善悪すべての行いを記す役目を担っている」

必要だと判断したのだろう。黒星が説明してくれる。

「ちなみに、ここにいる二神は貴方の一生を見守ってきた者たちです」

「おっ、俺の？」

続けて繰り出された白蠟の言葉に、疾風は目を見張る。

小さいとはいってもインコくらいの大きさはある。これがずっと肩に乗っていたと言われても俄《にわ》かには信じられない。

「倶生神。記録を」

閻魔王が声をかければ、二神はそばに飛んでいき、互いを追いかけ合うようにくるりと輪を描く。するとたちまち、金と銀の生きものは一本の巻子《かんす》に転じた。

「倶生神の記録には一切の漏れも嘘もない。つまり、ここには疾風が人だった頃のすべてが詰まっているって寸法だ。今回の原因を調べるには、末尾を確かめれば済むんだけどさー。せっかくだから、ちょっと読んでみるか」

巻子を手にした閻魔王がにやりと意地の悪い笑みを浮かべる。

「ちょっ、そんな勝手に――」

疾風が止める間もなく、閻魔王は巻子をばさりと広げる。

「ある程度成長してからの方が面白いよな。第二次性徴のはじまりあたりとか。青臭過ぎて鳥肌が立つくらいの話があるとイイな～」

疾風は開いた口がふさがらないといった状態で立ち尽くす。

閻魔王にどんな権限があるか知らないが、言うことやること最悪の下衆《げす》だ。

「お、初恋話はっけ～ん。なになに、十二歳の時にって、おっそ！　なんだよ情けねえ。馬並みの言葉が泣くぞ」

この言い草はさすがにひどいと思ったのか、黒星と白蠟が口を挟む。

「閻魔王。そういうことはそれぞれと言いますか、早い遅いで優劣が決まる問題ではないかと。あと、我々と冠する干支《えと》を安直に結びつけるのはおやめください。いまの疾風に対する喩えのように、違っている場合も多いのですから」

「黒星の言うとおりです。そもそも、経験の時期を揶揄《やゆ》するなど、却って色恋の見識が低いと思われますよ。それに実際の馬は作業が大層迅速で、必ずしも雄として強靫《きょうじん》とは言い切れません。まあ、そちらの特徴は共通しているのかもしれませんが」

疾風は力いっぱい拳をにぎり、我を忘れて殴りかかりそうな衝動を必死に堪えた。殴りたい。どいつもこいつも殴りたい。どの発言が一番ムカつくかなど、もはや考えたくもない。

「はーいはい、すみませんでした。じゃ、気を取り直して続きを読むぞ。相手は担任の女教師。孤児で施設暮らしという境遇を過度に憐《あわ》れむこともなく、ごく自然な気遣いを見せてくれることから淡い好意を抱くようになる。しかし、点睛《てんせい》の能力で彼女の大酒飲みと博打《ばくち》好きの悪癖、さらにはいつの間にか隠し撮られていた写真を、ヤバイ方面に売りさばかれていたという事実を視《み》てしまい……うわあ」

「神力の漏出ですか。何事もなかったから良かったものの、ひとつ間違えば惨事を招きかねなかった。まったく、毎度ながら天界の杜撰《ずさん》な処理には頭が痛みます。門神の魂を人間の殻にあてがうのは無理があると、あれほど進言したというのに」

「なんと不憫《ふびん》な！　仕置処《しおきしょ》にも勝る苦境から救ってやれず、すまなかった！」

ぐわしと抱きついてきた黒星を邪険に押し返しながら、疾風は尋ねる。

「……点睛って、何だよ？」

「点睛は我ら門神特有の神力のひとつ。人間が隠した罪咎《つみとが》を視抜く目のことだ」

「ああ。そういう……」

疾風は合点《がてん》がいったようにうなずく。

あの世に踏み込んでからというもの、理解不能で頭を抱えることばかりだったが、この話だけはすこんと腑《ふ》に落ちた。

生きていた頃は他人、特に大人に嫌われた。幼いうちはただ悲しく思っていたが、分別がつくに従って理由がわかってきた。

何かの弾み、相手の背後にいまではない物事が視えることがぽつぽつあった。時に写真のように、時に動画のように。幼い時は区別がつかず、視えたままを口にしていた。小学校に上がったくらいか、これは異常だと気づいてからは、よほどの悪事ではない限り胸の奥にしまい込むようになった。

大きくなるにつれコントロールが利くようになり、不用意に視ることはなくなったが、人とのつき合いには常に距離を置くようにしてきた。しかし、件《くだん》の女教師の時は彼女を信頼するあまり、ついガードを緩めてしまった。そして、知りたくもない罪を洗いざらい視るハメになった。

さすがに耐え切れなかったし、ほうっておけばきっと被害者は増えてしまう。それに、いずれ彼女自身もいずれ必ず不幸になると危ぶみ、半ば懇願するように訴えた。こんなことはやめるべきだと。たとえそれが思《おも》い遣《や》りであったとしても、罪を暴かれて感謝する人間はほぼいない。すでに折り合いをつけているとはいえ、疾風にとってはひどく苦い思い出だ。

「いやあ、悪い悪い。予想を上回る悲惨ぶりにさすがの俺も反省したわー。これ以上の道草はやめて、本題に……って、中学一年の時、文化祭の出し物の役割分担を決める際、あみだくじで負け、メイド服を着せられた挙げ句、学校一のモテ男に『マジでイケてる。つき合えるレベル』とありがた迷惑にも褒められる。おかげで次の日から数多《あまた》の女子が敵となり、下駄箱《げたばこ》にはゴミ、机にはブスの殴り書き……ブフッ、古式ゆかしい少女漫画のヒロインだな」

閻魔王は反省の意味を理解しているのだろうか……疾風は遠い目になって考える。百万歩譲って変態なのは我慢するとしても、ドMかドSか、せめてどちらかひとつにして欲しい。それとも、露出狂かつ性癖錯誤者、そのうえ良心皆無の下衆に罪を裁かれるという理不尽な屈辱こそが地獄最大の罰だというのか。

「なあ、疾風。いまの話はどういう意味だ？　裁きで人間たちと密に関《かか》わる閻魔王や白蠟様ほど、俺は現世について詳しくない。だから、よくわからん」

「黒星。その説明を疾風自身に求めるのはあまりに酷というもの。触れずにおいてあげなさい。あと、閻魔王。貴方にとって言葉のいたぶりは褒美かもしれませんが、まっとうな者には苦役でしかありません。これ以上のからかいは精神に支障をきたす恐れがあります。そろそろ切り上げて、本題に入ってください」

死んだ魚のような目になっていく疾風を慮ってか、白蠟が話の舵《かじ》を取り直す。

「わーってるって。ええっと、末尾末尾っと。ああ……やっぱりな」

巻子を回す手を止めて、閻魔王はうなずく。

「ほらな？　記録が終わっているにもかかわらず、留書紙《とめがきし》がこんなにも余っているだろ？」

疾風は進み出て、閻魔王が差し出した巻子をのぞき込む。

確かに紙面は真っ白。巻かれた状態の部分も合わせれば、かなりの量が残っていることになるはずだ。

「……何故だ？　留書紙が残るなどあり得ない」

「そんなにおかしいことなのかよ？」

疾風は思わず黒星を見上げる。訝《いぶか》しむ口調になにやら心配になってきた。

「この留書紙の長さは、書かれている人間の一生の刻量と合致します。つまり、本来ならば余白も不足も存在しない」

「要するに、疾風は寿命が残っているにもかかわらず、天界の勘違いで人間の生を断たれたってことだ。現世風に言えば過失致死。今際《いまわ》の際までツイてないな、おまえ」

白蠟が、そして閻魔王が疑問に答える。

驚くべき事実を告げられ絶句する疾風に代わり、黒星が声を上げる。

「いや、しかしっ……そんなことが本当にあるのですか？」

「実例を前に有無を問うなど愚行ですよ。まことに遺憾ですが、そういった手落ちは起こり得ます。前回は八九四年前と、頻度はそれほど高くはありませんが」

「以前にも？　そんな話は初耳です」

「天界の失態を吹聴したところで益がありますか？　公明正大をふりかざすことが必ずしも最善ではない」

「取り返せぬ過ちを責めたところで詮《せん》ないでしょうが……疾風に関しては、雷帝《らいてい》の一件もあります。こう何度も無体な対処をされれば、さすがに業腹というものっ」

「鎮まりなさい、黒星。貴方の無念を知ればこそ、閻魔王は波風を承知で天界に抗議申し立てを行ったのです。その御心を無下にするつもりですか？」

痛いところを突かれたといった表情で黒星は口を閉ざす。

しかし、明らかに納得がいかないとばかりに眉間《みけん》に皺《しわ》を寄せている。

白蠟もまた、かすかに苛立ちの熱を帯びた息を落とす。

面持ちも口調も涼しいものだが、内心では思うところがあるのかもしれない。

「どっちも落ち着けって。肝心の疾風が置いてきぼりを喰らってんじゃん。なあ？」

閻魔王にのぞき込まれて、疾風はぎこちないながらもうなずく。

正直なところ、もう何がわからないのかさえわからない状態だったが。

「気持ちの良い話じゃねーだろうけど、必要だと思うから教えておく。十六年前、おまえは天界の雷帝が誤って放った雷に胸を貫かれて死んだ。ただし、その雷は黒星の上に落ちてきたもの。おまえは黒星を庇って死んだんだ」

閻魔王は手にした巻子で疾風の胸部——ちょうど心臓があるあたりを差す。

どこかぽかんとした表情で、疾風は閻魔王と自分の胸を見比べる。

俺が黒星を庇って？　本当にそんなヒーローみたいな真似を？　尋ねるような思いで視線を向けてみるも、目と目が合った途端、黒星はうつむいてしまう。

「……いまの話、本当かよ？」

聞いてみても、黒星は答えない。顔を上げようともしない。ただ、暗く沈んだ表情はひどく苦しげだった。

疾風はぎゅうと顔をしかめる。

痛みに耐えるような態度が無性に腹立たしい。まるで自分が黒星をいじめているみたいに思えてくる。

「なあ、どうなんだよ？　ちゃんとこっち見て、答えろ」

本当のところ、疾風はすでにわかっていた。あの辛《つら》そうな顔がなによりの答え。

それでも、違うと言って欲しいがために問いを繰り返す。とにかく、これ以上あんな顔を見ていたくはなかった。

しかし、黒星は双眸に暗い影を宿したまま疾風を見返すと、願いを裏切るように深くうなずく。

「すべて事実だ。俺のせいでおまえは……死んだ。本来なら、再会したその時、俺の口から話すべきことだった。騙すような真似をしてすまない」

苦しくて堪らないといった様子で、黒星はまたすぐに顔を逸《そ》らしてしまう。

別人かと思うほどひび割れた声と、いつでも真っ直ぐこちらを見つめてきた琥珀色の目が背けられたことに疾風の胸がずくりと疼《うず》く。

雷に貫かれたなんて話を聞いたせいだろうか、それとも。

あれほど揺るぎなかった瞳を挫《くじ》かせるほど、自分の死が黒星を傷つけたのだと知ったせいだろうか。

疾風と黒星。双方の胸の痛みを知ってか知らずか、閻魔王は相変わらず飄々とした口調で話を続ける。

「天界は不可侵域だ。過失が起こったところで、向こうが詫びる必要も、こっちが責める権利もない。けど、誤放雷の理由が痴話喧嘩《ちわげんか》とひどいモンでな。さすがにイラッときて、異議を申し立てた。向こうも多少は悪いと思ったんだろう。温厚篤実で知られた玄武星君を調停者に立て、疾風の殻の再生を誓う約定を出してきた。ま、作り直せば済むって話でもなかったが、ひとまずそれで手打ちにした」

「後始末を任された天官たちも気を揉んでいたのでしょう。天界と地獄の摩擦は大きな問題です。万が一にも疾風の蘇生《そせい》を怠ったら、厄介事の蒸し返しになる。そんな逸りからすわ事故死と決めつけ、時機を取り違えてしまった」

白蠟は話を引き継いだあと、疾風に視線を向ける。

「前の殻が壊れていないにもかかわらず、魂が引き継がれてしまったため、貴方は人間の頃の歳月と記憶を残したまま甦ってしまったのです」

なんとはなし、疾風は自分の手に目を落とす。

要するに、人間として完全に死んでいない状態のまま、馬頭の殻に宿ってしまったということだろうか。

「え……?」

「しかし、手違いが起きたからといって、いったん成ってしまったものを戻すことはできません。ゆえに貴方はこの二択を迫られる。ひとつは、このまま人間の記憶と心を持ったまま馬頭として生きる。もうひとつは、馬頭の生を拒み新たに生き直す」

疾風は白蠟を見返す。

それはあまりに唐突で思いがけない問いかけだった。

「白蠟様、それはっ……」

「控えなさい、黒星。私は疾風に聞いているのです。人の心を捨て去ってまで、地獄で生きていく術を学びたいと願うかどうか。決められるのは己だけ」

白蠟から突きつけられた選択に疾風は立ち尽くす。

いきなりそんなことを言われても、なんと答えたらいいのかわからない。

一方で、黒星は必死に白蠟に食い下がる。

「そんな残酷な取捨があるものかっ。仮に、疾風が馬頭の生を拒むと答えたら、どうされるというのです？　まさか、再び殻を砕くとでも？　俺にまた、片割れが死んでいくところを目の当たりにしろとおっしゃるのですか？」

「黒星。控えろと言ったでしょう？」

「いいえ、これればかりは譲れません。疾風の殻の再生が定められた時、次こそはすべてを賭《と》して守ると誓いました。魂が朽ち果てるまで、俺はこの決意を破りはしない。たとえ、あなたや閻魔王に背くことになろうとも、断じて」

「肝心なのは疾風が何を望むか。貴方は己の執着に囚《とら》われるあまり、最も重要なものを蔑《ないがし》ろにしようとしている」

口調は変わらないものの、白蠟の声には上辺だけではない気遣いが感じられる。おそらく黒星の心情を芯《しん》から理解したうえで諭しているのだろう。

それが察せられぬほど黒星も愚かではない。怒りとも悲しみともつかぬ顔で黙り込む。

「ちょっと、待ってくれよ……」

疾風は言葉を詰まらす。

どうすれば――じゃない。自分はどうしたいのだろう。

本当になにひとつ覚えていないし、化け物じみた姿も受け容れられないでいる。馬頭をやめることも不可能ではないと聞いて、正直心が揺れた。

でも――……疾風は黒星に目を向ける。

こっちが引くくらい、黒星は片割れとの再会を喜んでいた。それをまた失うとなれば、どれほど傷つくことか。もしかしたら、生きていけないほどに……。

「なんだよ、おまえら。そろいもそろってシケた面して。そんな考え込むなよ。あとのことはあとで考えりゃいい。疾風は迷っているなら、とりあえずこのまま生きてみろ。終わらせるのはいつだってできんだから」

からからと笑いながら、閻魔王があっけらかんと言う。

それはある意味、正しい意見。ただし、いまの疾風には逆鱗《げきりん》に触れる一言だった。

「……うるさい！　適当なことを言うな！」

疾風はありったけの怒気を込めた言葉を閻魔王に投げつける。

やめると決めれば、黒星を追い詰め、最悪死なせてしまうかもしれない。けれど、下手に長引かせれば余計に辛い結果になるかもしれない。

どちらに転んでも怖い。傷つきたくないし、傷つけたくない。だからこそ迷う。どうしてもすくんでしまう。

「本音じゃ、どうでもいいって思っているんだろ？　だから、そんな気楽なことが抜かせるんだ！」

「疾風、よせ！　やめろっ」

黒星が背中から羽交い締めにするように腕を取り、切迫した声で止めてくる。

力勝負では敵《かな》わないとわかっていたが、それでも疾風は腕をふりはらおうともがく。

「なんなんだよっ。魂とか再生とか、いきなり言われても知らねえし！　どいつもこいつも勝手なことばかりっ。ムカつくっ……」

「……疾風。貴方、誰に対してそんな口を利いているのですか？」

体中に走った怖気《おじけ》に衝《つ》かれ、疾風は慌ててふり返る。

そこに立っていたのは、白蠟であって白蠟ではない何か。

美しい白面は何の感情も浮かべていないにもかかわらず、空恐ろしいほどの怒りが伝わってくる。口調も同じで静かなままだが、まるで首に刃を突きつけられているかのような威圧感に満ちていた。

「ここにおわすのは、我ら獄卒の主《あるじ》にして地獄の統括者。倒錯した遊興の座ならまだしも、一介の門神ごときが雑言をかけられる御方ではない。どうやら、改めて教えておく必要があるようですね」

白蠟がすいと歩み寄ってくる。

疾風はなす術もなく立ち尽くす。逃げられるものなら逃げたかったが、足どころか体全体が恐怖に痺《しび》れて動かない。

自分で決める前に今世が終わった。疾風が観念した――そのとき。

黒星が盾のごとく立ちはだかり、白蠟と対峙する。

「どきなさい。貴方の出る幕ではありません」

「いいえ。そのご命令には従いかねます」

「……お、おま……よせって。やめろ」

声も体も、そして心も。すべてが芯から震えていることを情けなく思いながら、疾風は黒星を止めようと声を上げる。

しかし、尖った緊迫感の前に怯え混じりの訴えはあまりに弱々しく、砂のようにホロホロと散ってしまう。

「また得意の甘やかしですか。闇雲《やみくも》に庇うことは守るとは言いません。そろそろ、それが己の庇護欲《ひごよく》を満たすだけの、愚かしい行為であることを自覚なさい」

「俺はただ、己の責任を果たしたいだけです」

「片割れが無礼を働いたのは、自分の躾《しつけ》が至らなかったせい、とでも？」

「門神は必ず何かを欠いて生まれてくるといわれております。だからこそ、ふたつそろわねば門を動かすこともできない。補い合うのが我らの必定ならば、いまその責務を負わねばならないのは俺の方です」

「そこまでする必要ねえからっ。庇って死んだとか、そんなことがあったとしても俺は何も覚えてないし！　なあ、マジでやめろって」

疾風は慌てて黒星に取りすがったが、下がっていろと言わんばかりにうしろに押し戻されてしまう。

「境遇を憐れみ、手心を加えるとでも？」

白蠟は無表情のまま、月光を形にしたような白い指を黒星の首にひたりと添わす。

黒星は若干強張ってはいるものの、どこか不敵な笑みをこぼす。

「まさか。白蠟様に限り、そのような手緩《てぬる》さあるはずもなし。いかような仕置きも覚悟のうえ。どうかご随意に」

引き絞られた瑠璃《るり》の輝きは、それだけで黒星を射殺せそう。

強張った咽喉から、疾風が言葉にならない声を上げようとした瞬間。

「白蠟、やめろ。めんどくせえから」

いつの間にか割り入った閻魔王が白蠟の腕をつかみ、黒星の首から引きはがす。

「おはなしください。獄卒の躾は私の責任下。貴方でも口出しされたくはありません」

「務めの邪魔はしねえよ。ただ、疾風だって三世に亘《わた》って天界から無体を押しつけられてんだ。文句のひとつくらい言わしてやってもいいんじゃね？」

「決して緩まぬことこそが、箍《たが》をより箍たらしめます。不憫を理由に放免など、他に示しがつきません」

「そりゃそうだな。じゃあ、これでどうだ?」

閻魔王は白蠟の腕をつかんだまま、空いた左腕を伸ばし、黒星の額を指で弾く。

「いっ!」

いわゆるデコピンだったが、その単語に似つかわしくない威力を秘めていたらしい。黒星はうめき声を上げ、派手にのけ反ったあと、両手で額を押さえながら床にうずくまってしまう。

「お、おい。大丈夫かよっ」

まだ恐怖が解け切らないガチガチの手足をなんとか動かし、疾風は黒星に駆け寄る。

「黒星はちゃんと罰を喰らった。この件はこれでしまい。いいな?」

白蠟を真っ直ぐに見据え、閻魔王が言い放つ。

これまでとは打って変わり、その声にも態度にも向き合う者すべての膝を折らせる威厳に満ちていた。

「……わかりました」

白蠟はまぶたを伏せ、息を吐く。

不穏な気配の鎮まりを感じ取ったのか、閻魔王は白蠟の腕から手をはなした。

「とりあえず、いまので疾風も骨身に沁《し》みただろうよ。地獄でやっていくってのが、どういうことかって……なあ?」

閻魔王の意味深な問いかけに、疾風は顔を引きつらせる。

人間の感覚で馬頭として生きていくのは骨が折れることだろう。そのうちまたヘマをやらかして、文字どおり全身の骨がバラバラになるような目に遭うかもしれない。

だが……それでも。

まだ額を押さえたまま、動けないでいる黒星の肩に疾風は手を置く。

「痛い……に決まっているよな。大丈夫か?」

「……あ、ああ。仮にも門神。このくらい問題ない」

薄《う》っすら涙目ながらも黒星は毅然《きぜん》と顔を上げ、笑う。

「お許しがもらえて良かった。寛大な御処置に感謝せねばな」

「おまえの注意を忘れて、軽はずみな真似をして悪かった。あと……ありがとうな」

「礼には及ばん。言ったであろう、この身に代えて守ると」

「そんな誓い、いますぐ撤回しろ! いいか、あんなことは二度とするな。俺のせいで怪《け》我《が》されたりすると、その、後味が悪いって言うか。とにかく嫌なんだよ」

「勝手なものだな。自分こそ、俺を庇って死んでおきながら」

黒星はくすりと笑い、疾風の頭の上に手を置く。

「いくらおまえの頼みでも、それだけは聞けん。今度は俺がおまえを守る。黙って見ているなど、死んでも無理だ。もう決して失いたくないからな」

疾風は何も言えなくなる。

こっちが覚えてもいない恩に報いる必要はないとか、忘れてくれた方が気楽でありがたいとか。拒みたい気持ちも確かにあるが、やはりどうしてもうれしいという想いが先に立ってしまう。人間だった頃は、誰もそんな言葉をかけてくれなかった。

「もし、わずかでもその気持ちがあるのなら、俺と共に馬頭として生きてくれ。地獄での生路《せいろ》は易しいものではないかもしれんが、いついかなる時でも俺が寄り添い、力になると約束する。必ずおまえを幸せにしてみせるから」

「いや、だから……そこまでいくと重いって」

手を押しのけ、疾風はげんなりと息を吐く。

黒星にそんなつもりはなかろうと、いまの台詞はまるでプロポーズ。いくら心に沁みようとも、素直にうなずく気持ちにはなれない。

「ハハッ。殻が違おうが記憶がなかろうが、おまえらは変わらねえなあ。疾風のうっとうしくて堪らねえってツラが懐かしい」

「そうですね。わざわざ拝みたいかどうかは別ですが」

閻魔王に心のこもっていない相槌《あいづち》を打ってから、白蠟は疾風に改めて問う。

「決断を聞かせてもらいましょう。言っておきますが、情に流されてはなりません。必ず後悔の元となる。貴方自身の心と向き合い、進む道を選び取りなさい」

疾風は立ち上がり、白蠟を見る。

ぞわぞわした怯えが背筋を伝うが、このときばかりは目を逸らしたくない一心でひたすら耐えた。

「俺は――……」

不恰好《ぶかっこう》ながらも己の心が紡ぎ出した答えを明らかにするため、疾風は口を開いた。


「あ～、なんか疲れたぁ。今日は休みにしねえ？」

閻魔王は審判の際に座している黒紫檀椅子に腰を下ろし、演台に突っ伏す。

「残念ながら、まこと律儀に人間たちは死にます。開庁まで時間がありません。さっさと着替えてきてください」

「せめて恰好くらいこのままでいいだろー。ほら、いろいろあったしぃー」

「そうですね。その有様のまま、獄卒や死者の前で私から腐れ破落戸《ごろつき》と呼ばれるか、いますぐ身なりを整えるか。どちらでも好きな方をお選びください」

磨き抜かれた寝台上でダラダラと身を転がしながら訴える閻魔王を、白蠟は微笑ととももに容赦なく突きはなす。

「おまえさあ。疾風にあんだけキレといて、自分は常々その口利きって。そっちの方がよっぽど示しがつかねーんじゃねえの？」

「貴方に侮蔑《ぶべつ》嘲笑《ちょうしょう》痛罵《つうば》非難《ひなん》を投げつけられる獄卒は私だけ。それくらいの特権がなくては、真正の被虐性淫乱症で下衆で怠け者、おまけに露出癖まである御方の扶翼などやっていられませんから」

「あっそ。しかし、相手がおまえだとびっくりするほど罵詈雑言《ばりぞうごん》が気持ち良くねえ」

閻魔王の歪《ゆが》んだ嘆息に冷笑で応じてから、白蠟は話を切り替える。

「それにしても、本当にこれで良かったのでしょうか。疾風の心身の不協和音は個々の苦労に留まらず、地獄にとっても火種になるやもしれません」

「刺激があっていいじゃねえか。人間の意識が地獄に持ち込まれるのは随分と久しぶりだしな。裁きの連中は活きの良い標本が来たと喜ぶだろうよ。大体、関わらずして本質が知れる由なし。そう言って、人間の引き抜きをはじめたのはおまえだろ？」

「薄ら呆けた天官どもの失態と、私が細心の注意をはらって行う登用を一緒にしないでいただきたい。ただでさえ手のかかる問題児だった馬鹿が、さらに騒々しく地獄を右往左往するかと思うと。いまから頭痛がします」

「そこはそれ、白蠟様の腕の見せ所ってな。期待しているぜ」

艶《つや》っぽく口の端を上げた閻魔王を、白蠟は忌々しげににらみつける。

「疾風の人としての死因にも嫌な予感を覚えましたよ。選《よ》りにも選って、暴走車にはねられそうになった子供を庇って事故死とは。懲りないにもほどがある」

「それについちゃ、しばらく黙っておいた方がいいな。黒星がうるさい」

「あの己を蔑ろにする癖は厄介です。正義が悪いとは言いませんが、過ぎた自己犠牲は周囲を不幸にする」

「何かあれば、そのときはそのとき。六害《ろくがい》の一対魂がわざわざ存在するように、万事悪相不備があって然《しか》りだ」

「……実に貴方らしい持論ですね」

「永久不滅の円満具足ほど、胡散臭《うさんくさ》いうえ危なっかしいモンはねえよ。俺は悪くないと思うけどな、天界が吹っ飛ぶほどの一大事が起きるのも」

閻魔王はあながち冗談でもないような口ぶりで言い、椅子から立ち上がる。

「何を無責任な。詫びに首を差し出せと言われれば、どうするおつもりで？」

「想像だけでゾクゾクするな。でも、そんなことにはならねえよ、残念ながら」

「全力でへし折りたくなる図太い楽観ですね。自信の根拠は何です？」

「おまえだよ、白蠟。何があっても、俺を助けてくれんだろ？」

一瞬にも満たない一瞬。白蠟が虚を容かれたかのような顔をする。

目敏《めざと》くそれを見て取り、閻魔王はにんまりと満足気に笑う。

「それじゃあ、誰かさんがおっかないから着替えてくるわ。またあとでなー」

閻魔王は壁織物をめくり、乾坤宮から去っていく。

ぺたぺたという足音が消えたあとも、白蠟はしばし立ち尽くす。

唇の端に浮かんでいるのは常の微笑ではなく口惜《くちお》しさ。

「……どうやら、私も大概甘い」

ささやきにも満たないかすかな一言は乾坤宮の静寂に飲まれ、消えた。


「あ」

薄暗い地下道を歩きながら、疾風は思わず声を上げる。

「どうした？　ああ、今度こそ便所か？」

「違う！　二言目には便所の心配するのはやめろ！　そうじゃなくて、肝心の俺の死んだ理由が聞けてない。しまった。すっかり忘れてた……」

「言われてみれば。いろいろあったおかげで、つい失念していたな」

「何のために、あんな怖い思いをしたのか……。あー、なんかどっと疲れた。だるい。眠い。何も考えずに布団かぶりたい……地獄に布団があるなら」

がっくりと肩を落とす疾風の横で、黒星は顔を曇らせる。

「もちろん、布団はあるが……やはり、人の世が恋しいか？　まだ寿命を残していたと聞いて、未練が深まったということもあろう」

「いまさらそういうこと言うなよ。そりゃ、死にたくはなかったけど、こうなっちまった以上、あれこれ言ったところでどうにもなんないだろ」

「本当に……これで良かったのか？」

「だーもう！　おまえ、俺に馬頭として生きて欲しいって言っていたじゃないか。望みどおりになったっていうのに何が不満なんだよ？」

疾風は立ち止まり、煮え切らない様子の黒星をにらむ。

「不満などあるものか。おまえが馬頭として生きると言ってくれて、どれほど心が幸福で満たされたことか」

「だったらウダウダ言うな」

疾風はぷいと顔を背け、再び歩き出す。

前のめりな語勢と熱っぽい眼差しで本気をありありと伝えてくる黒星をどこまでも暑苦しいと呆れながらも、一方でまんざらでもなく思ってしまう。

本音を言えば迷いはある。もしかしたら、とんでもない選択をしてしまったのかもしれない。また死んでしまうくらい後悔を、いや、その前に鬼神に力業で強制終了させられるかも……などなど。あらゆる不安も山盛りだ。

けれど、あのとき一片の躊躇《ちゅうちょ》もなく自分を守ろうとした黒星の背中を見て、こう思ってしまった。少なくとも、生きていることで誰かを幸せにできるなら、それだけで十分に頑張る意義があるんじゃないだろうか——と。

だから、疾風はこのまま馬頭として生きる道を選んだ。黒星のためなどと、恩着せがましく言うつもりは毛頭ない。ただ、挑みもせずに投げ出したくはなかった。

「なんでもやってみなきゃわからねえって言うだろ。そもそも、馬頭だろうが人間だろうが悩む時は悩む。どっちでも同じだ」

「それはそうかもしれんが……」

「なんだよ、まだ何か文句があるのか？」

「そうではない。ただ、いまさらながら気づいたのだ。現世で疾風の死を嘆く者たちがいることに。元よりおまえは俺の片割れ。返してもらうことに論を俟《ま》たないが、現世に残された者たちが今頃、あの狂うほどの絶望を味わっているのかと思うと……俺の胸にもあの頃の痛みが生々しく……」

「わざわざ思い出してまで苦しむな！　大体、そのことなら心配いらねえ。元々親兄弟はいないし、変な目のせいで嘆き悲しんでくれるほど仲が良かったヤツもいない。世話になっていた施設の人たちはそれなりに悲しんでくれるだろうけど」

「それなりにしか惜しまれぬとは、なんと幸薄く不憫な一生っ……安心しろ！　今世では俺がついている！　決してそんな思いはさせぬからな！」

「そこまで不幸じゃねーし！　ああもう！　いちいち大袈裟《おおげさ》に騒ぐな！」

ふたり以外は誰もいない地下道、にまたも疾風の怒鳴り声が響き渡る。

悶着《もんちゃく》のあと、疾風たちは白蠟から退出を命じられた。今後の手筈《てはず》を話し合う必要があるものの、いまはとにかく開庁の時刻が迫っていたからだ。

白蠟の「余計な騒ぎが起きないよう、忍んで出ていけ」というつけ足しに従い、疾風たちは緊急用で普段は使われていないという地下道を歩いている。

「ところでさ、門で見た時から気になっていたんだけど、これって何だ？」

境界門と同じく、この地下道にも朧《おぼろ》に光る玉が無数に飛び交っている。この妖《あや》しい浮遊物が照らしてくれるおかげでつまずく心配はないが、やはり正体が気になるところ。

「こいつらは灯かり玉。妖《あやかし》の一種で、暗がりを好んで集まってくる。こうやって飛んでいるとわかり辛いが」

黒星は手を伸ばし、間近を通り過ぎようとしていたひとつをふわりとつかむ。

「近くで見ると、存外かわいらしい見目をしているのだぞ。ほら」

「って、急に近づけるなよっ」

疾風は戸惑いつつも、鼻先に差し出されたたい丸い物体を受け取る。

手のひらの上でふよんふよんと揺れる様はまるでタンポポの綿毛。くりくりとした眼球がじっと見つめてくる姿はなかなか、いやかなり相当、ズキュンとハートを射貫かれるくらいかわいい。思わず身悶《みもだ》えたくなるほどに。

「……なあ。これ、連れて帰ったりしたら駄目なのか？」

「別に構わんが、一匹だけ持ち帰ってもいずれ消えてしまうぞ。餌《えさ》がないからな」

「餌って？」

「灯かり玉の餌は灯かり玉だ。こいつらは互いに喰らい合って生きている」

「え……それってつまり共食──」

言い終わらないうちに、横合いから飛んできた灯かり玉がいきなりガバアッと口を裂き開き、疾風の手の上にいた一匹をバクウッと飲み込む。

すべては刹那《せつな》。ふよよっと何事もなかったかのように光の筋が過ぎ去っていく。ついさっきまで疾風の手のひらでぽよぽよと愛らしく浮かんでいた球体は跡形もなく消え去っていた。

「おお、捕食場面に遭遇できるとはツイているな。なかなかお目にかかれんのだぞ」

「……やっぱ、俺、地獄無理かもしんない……」

力なく疾風はつぶやく。

芽生えかけた希望が根こそぎ引っこ抜かれた。地獄はまさに弱肉強食。いまの無残な光景が自分の未来図とさえ思えてくる。

「いきなりどうした？　はっ、まさかこれが思春期の情緒不安定というやつか？　意味はさっぱりわからんが、安心しろ！　おまえがどれほど微妙な年頃とやらに揺れ惑おうと、俺が支える！」

盛大な勘違いをかましながら、黒星はわしゃあと疾風を頭から抱え込む。

「共に在れば、どのような艱難《かんなん》とて乗り越えられよう。我らは常、ふたつでひとつだ！」

「だからっ、おまえのそういうところ重いって！　それと、むやみにくっつくなって何度言えばわかるんだよ！」

圧死しそうなほど抱きすくめてくる黒星に疾風は全力全身で抗《あらが》う。

しかし、力の差は歴然。暴れたところでどうにもならない。

「はな、離れろこのっ……クソ！　馬鹿力がぁ！」

深々とした静寂の中、疾風の叫びがこだまする。

ふよんと、間近を行き過ぎた灯かり玉がなにやら笑うように揺れた。

第二話　これまで、これから

十二門神《じゅうにもんしん》。

それは天界、地獄、現世の三界をつなぐ、境界門を守る十二鬼の呼び名である。

同じ魂を分かち合う、一対魂《いっついこん》の絆《きずな》で結ばれた門神はふたつでひとつ。互いに互いを己が片割れと呼び、身に宿す地獄火が燃え尽きるその日まで共に生きる。

昔々、疾風《しっぷう》はそんな十二門神のひとり、次代馬頭《めず》の役割を担うべく創《つく》り出《だ》された。もちろん、時を同じくして、片割れである牛頭《ごず》の黒星《こくせい》も生を授かっている。

疾風がまだ幼かった頃、当代の馬頭であり、育ての親でもあった尭風《ぎょうふう》は、眠る前によく膝《ひざ》の上に乗せ、いろいろな話を聞かせてくれた。

あとになって考えれば、それはどんどん開いていく黒星との差を埋めるための補習だったのだが、当時の疾風は全然気づいていなかった。むしろ、特別扱いされることを素直に喜んでいた。そんな状況に至った理由が嫌というほどわかる単純ぶりだ。

――門神は不老だが不死ではない。

疾風は耳をそばだてて、尭風の話に聞き入る。穏やかな尭風の声は心地好《ここちよ》い。他の者ならうげえと舌を出したくなる難しい話でも、するすると頭に入ってくる。

――神や、神格を得た者たちと違い寿命がある。長さはそれぞれ違うが、身に宿す地獄火が燃え尽きた時に一対そろって無に還《かえ》る。

つまり、いつか尭風たちも……避けられない別れの予感に、そろりと疾風の心に恐怖が吹き込まれる。

膝の上の震えを感じ取ったのか、尭風は銀色の頭に手を置く。

――末期《まつご》を悟れば、門神たちは天界の神に、自分たちの跡を継ぐものを創ってくださいとお願いする。そうして生み出された一対の赤子を残りの寿命を懸けて育てる。私たちにとってのそれが誰か、わかるか？

――俺と黒星だろっ。

ぱあっと目を輝かせながら、疾風は弾《はじ》かれたように答える。

尭風はふわりとほほえみを深くする。答えが正しかったからというより、疾風の瞳《ひとみ》から恐れが消えたことがうれしかったのだろう。

――そうだ。私たち門神は血のつながりを持たない。だが、かわりに大事な使命を授かっている。それが我らをつなぐ糸だ。

——俺たちは使命でつながれているのか。すごく幸せで、誇らしいことだな！

——いま感じた気持ちを大切にするがいい。片割れと使命に対する誇り。そのふたつがこれから永い道を行くおまえを支えてくれる。

尭風が優しくなでてくれるたび、疾風は思ったものだ。

立派な門神になってみせる。尭風《ぎょうふう》や櫂星《かいせい》、片割れの黒星が誇りに思えるような。

その誓いは背丈が伸びたいまも変わらない。

ただ……いつの頃からか、良くも悪くも使命に縛られる門神という存在に対し、疾風は言い様のない寂しさを覚えはじめていた。


冬ざれの朝。

凍えるほど寒いが、太陽はまぶしく照り、雲は欠片《かけら》も見当たらない。果てしなく広がる空を眺めれば、疾風の頬《ほお》は自然とほころぶ。

——おまえは本当に、晴れた空が好きだな。

同じく頭上を仰ぎながら、隣に立った黒星が言う。

その言葉に、疾風の笑顔に影が差す。

原因はわからないが、生まれてからずっと黒星の世界には色がない。ほとんどのものが灰一色で塗《ぬ》り潰《つぶ》されているらしい。

澄み渡る青がどれだけ綺麗《きれい》か、黒星は知ることができない。それなのに、ひとり勝手に喜んで、置いてきぼりにしてしまった。罪悪感が疾風の胸をチクチクと刺す。

——この晴れ晴れとした色が、おまえの目にも映ればいいのにな……。

——そんな顔をする必要はない。俺は空よりなにより、疾風の笑顔が好きだ。そちらの方がよほど心が弾む。だから、笑ってくれ。

にこやかに願う黒星を裏切り、疾風はさも嫌そうに顔をしかめる。

——俺は……おまえの笑い方が好きじゃない。見ると心がザラザラする。

——そうか？　ならば、今日から笑うのをやめよう。片割れであるおまえに不愉快な思いをさせて、使命に障りがあっては困るからな。

——違うっ。そうじゃない。笑う時は、心から笑えと言っているだけで……なあ、どうしていつも俺の言うことをおかしな風に取るんだ？

——どこが、どうおかしい？　悪いところがあれば直す。教えてくれ。

——だから、そういうっ……もういい！　ぐずぐずしていたら稽古《けいこ》の時間がなくなる。

疾風は顔を背け、歩き出す。

少し遅れて、寂しげな顔の黒星が続く。

三歩うしろの黒星に聞こえないよう、疾風はそっとため息を落とす。また我慢できずに怒鳴ってしまった。今日こそちゃんと伝えようと思っていたのに。

横並びだった背丈に差がつきはじめた頃だったか。疾風はふと、胸の片隅に居ついた寂しさに気づいた。多分それからほぼ毎日、黒星に対し怒っている。

生まれてからずっと、黒星は途方もなく疾風に優しい。それはもう焦げつきそうなほど世話を焼いてくれる。

黒星の過保護ぶりは尋常じゃないと、まわりは口をそろえて言う。閻魔王《えんまおう》からも、櫂星がまともに見えてくるほど、黒星の片割れ馬鹿《ばか》はひどいと笑われた。櫂星は頼もしいと喜んでいたが、あとで尭風にこっぴどく叱《しか》られていたのを疾風は知っている。櫂星よりひどいなんてあり得ない。異常以上に異常だと嘆いていたことも。

育ての親たち――ほぼ尭風は、黒星の悪癖を矯めようとしたが、あまりの詮《せん》のなさに心が折れたらしい。どこか遠い目で、永い果てにたどり着く頃には、きっと諦《あきら》めもつくと疾風を慰めてくれた。言って聞かせる尭風こそが信じていないように見えたが、そのときのほほえみがあまりにも哀愁に満ちていて何も言えなかった。

けれど、疾風は承知している。黒星が疾風を大切にするのは、門神の使命に欠かせない片割れだから。ただそれだけだということを。

黒星はことのほか、門神としての自負が強い。使命に基づき創られるのだからそうなるのも当然だが、同じ立場の疾風から見ても格別な思い入れを持っている。

門神は境界門、ひいてはあまねく世を守るためにある。それだけが意義と心の底から思っているため、黒星は使命とそれに関《かか》わるもの以外には一切執着しない。もし仮に、門神が単身で成り立つ生きものだったら、疾風など気の端にもかけなかったかもしれない。

鬱々《うつうつ》とした思いに疾風が二度目のため息を落としかけた、そのとき。

道の外れに植わっている樹木の根元で、小さな何かがバタバタと暴れているのが目に飛び込んできた。

とびきり遠目が利く疾風は、離れた位置からでもそれが氷《こおり》ヒタキの雛《ひな》であり、怪我《けが》をしていることを見取っていた。大急ぎで駆け寄り、弱々しく鳴く雛をすくい上げる。寒いのか恐ろしいのか、小さな体はカタカタと震えていた。

――氷ヒタキか。大きさから見て、巣立ったばかりといったくらいだな。

追いついてきた黒星が、疾風の手の中を見下ろし淡々と言う。

――コイツ、羽に怪我をしている。

――火鴉《ひがらす》に襲われたのかもしれん。冬場のあいつらは気が荒い。

氷ヒタキは名のとおり、透き通った氷結石の羽を持つ。陽光を弾いてキラキラと輝く羽の一部、左翼のつけ根あたりがじっとりと血で濡《ぬ》れていた。

――震えているし、鳴き声も弱い……ほうっておいたら、絶対に死んじまう。

——飛ばねば生きていけないものが、羽を失って死ぬのは当たり前のこと。鳥獣の世の摂理や道理に疾風が心を痛める必要はない。

黒星にすれば、慰めのつもりだったのだろう。曲がりなりにも片割れ、疾風とてそれくらいのことはちゃんとわかっている。

だが、承知していても怒りが止められなかった。

——黒星こそ、どうしてそんなことを言うんだよっ。コイツが死んじまったみたいに話すのはやめろ！　まだちゃんと生きているのに！

泣きたいような気持ちで疾風は叫ぶ。

傷ついた氷ヒタキに対し、一片たりとも心を動かさない黒星が腹立たしく、そしてなにより恐ろしい。片割れでなければ、黒星は自分にもあんな冷淡なまなざし向けてくるのだろうか。それを思うと、怖くて寂しくて堪《たま》らなくなる。

憤る疾風に困惑しながら、それでも黒星は物悲しげに目を伏せる。

——悪いが、俺には疾風が怒る理由がわからない。だが、さっきの言い様が気に障ったというなら謝る。すまなかった。

重苦しい虚《むな》しさに襲われ、疾風は肩を落とす。

謝って欲しくなどない。いっそ怒り返してくれた方がマシ。心の軸がズレてしまっている自分たちは喧嘩《けんか》さえロクに……いや、そうじゃない。気持ちをちゃんと伝えない自分が悪いのだ。

門神とか片割れとか、そんな枠組みだけで扱われたくないし、扱いたくもない。使命だけが生まれてきた意義なんて寂し過ぎる。そう告げたら、黒星はなんと答えるだろう。最悪の想像はまるで冷ややかな刃《やいば》。いつだって疾風の意気地を容易《たやす》く切り裂く。

――……黒星は俺と違って賢いし、物知りだ。さっきの言葉だって、正しいことを言っているんだと思う。でも……。

疾風はぎゅっと唇を噛《か》みしめる。

そんな考え方は嫌だ。どうしたって好きになれない。おまえの笑い方と同じ。触れると悲しくなる。そんな残りの言葉を飲み込むために。

――なら、疾風はどうしたい？　言ってくれれば、そのとおりにしよう。

疾風は手の中で震える氷ヒタキを見つめる。震え怯《おび》える姿が嫌でも自分と重なる。

――俺はコイツを助けたい。怪我を治してやって、また飛べるようにしてやりたい。

――わかった。では、そうなるよう力を尽くす。

こうと決めれば、黒星は迅速かつ的確に動く。すぐさま鳥獣に詳しい者にどう世話をすればいいのかを聞き、近所に住む薬師から傷薬を調達してきた。

――薬は少量を薄く塗るを繰り返す。傷口をくちばしで触る可能性があるからな。

――餌《えさ》は蜂蜜《はちみつ》を溶かしたぬるま湯がいいそうだ。元気が出てくれば虫を与える。

黒星は熱心に氷ヒタキの世話をしてくれた。自分はどうでもよくても、片割れが望むから力を惜しまない。

その気持ちをありがたく感じる一方で、疾風の心のもう一方はひび割れていく。

黒星が優しければ優しいほど苦しい。

こんな気持ちを抱いたまま、永い道を共に歩んでいくことはできない。逃げずに向き合わなくては。疾風がそんな決意を結びはじめてから半月が過ぎた頃、氷ヒタキは再び飛べるほど元気になった。

あの日と同じく、晴れ渡った冬の好日。

疾風は黒星と一緒に、氷ヒタキを拾った樹木の下を訪れた。

――ありがとうな、黒星。コイツが元気になったのはおまえのおかげだ。

――礼を言う必要はない。俺はおまえが喜んでくれれば、それでいい。

疾風はすがるような思いで巣箱を抱く手に力を込める。

黒星の言葉が本物であるからこそ胸が痛い。自分も飛び出すならいま。迷いを捨て、顔を上げる。

――なあ、黒星。俺は、おまえを本当にすごいと思っている。おまえみたいなヤツが片割れで誇らしいし、共に門神になれることがうれしくて堪らない。

黒星は意外だと言わんばかりに目を見開く。

——それが本当なら、これほど幸せなことはない。てっきり、疾風には嫌われていると
ばかり思っていたから。
——嫌うはずないだろっ。俺にとって、黒星はかけがえのない存在だ。でも、それは片
割れだからじゃない。そうじゃなくても、すごいと思っただろうし、一緒にいられること
を誇らしいと感じたはずだ。
疾風は向かい合う琥珀色《こはくいろ》の双眸《そうぼう》をぐっと見据える。
——俺たちは門神で、大事な使命を背負っている。けど、俺たちが生きている意味って
それだけか？　一緒にいるのは使命のためだけなのか？
疾風は巣箱を左脇《ひだりわき》に抱え込むと、空けた右手で黒星の胸に触れる。
——おまえが俺に笑いかけるたび、ここには使命しかないことを思い知らされる。親切
にしてくれるのは俺が片割れで、使命を果たすために必要な存在だから。俺自身に想《おも》いを
懸けてくれている訳じゃないって、ヒリヒリするくらいに伝わるっ。
身を削って心をさらす。そんな思いで疾風は訴え続ける。
——それが門神として正しい考えだったとしても、俺は嫌だ。使命に必要だからってだ
けじゃない。俺は、黒星が黒星だから大切なんだよ……だから、おまえが同じように想っ
てくれないことが苦しいっ……。
耐え切れずに疾風はうつむく。

泣きたくないのに、涙が勝手にこぼれ落ちてくる。

情けない。恥ずかしい。ぐしぐしと目をぬぐいながら、身を硬くして片割れの返答を待った。果たして、黒星はなんと言うか。門神のくせに情けないと呆《あき》れるか、はたまた何を言っているのかわからないと首を傾《かし》げるか。

しかし、黒星が見せた反応は疾風のどんな想像とも違っていた。

——……っ、泣くな！　頼む、疾風！　泣かないでくれ！　おまえのそんな姿を見ると、心が潰れそうになるっ。

黒星は叫ぶや、疾風の顔をぐわしとつかみ、強引に上向かせる。

——これはなんだ？　どういうことだ？　疾風の声や涙が耳や目に刻まれるたびに胸が痛む。実際に肌身を切り裂いた時よりもひどいっ……！

なんと答えればいいかわからず、疾風は瞬きを繰り返す。びっくりするあまり、嘆きや悲しみがどこかに飛んでいった。

——そんな、俺に聞かれても……。大体、俺が泣くところなんて何度も見てきただろ。

——ああ、そうだ。これまで数え切れないくらいおまえの涙を見てきた。その都度、可哀想《かわいそう》だ、助けてやりたいと思ってきたが……いまのような血を吐きかねないほどの辛苦に見舞われたことはない。あと、狂わんばかりの焦りに駆られたことも。

——ちょっと待て！　数え切れないって、そこまでしょっちゅう泣いてねえしっ。

──泣いているではないか。いたずらや居眠りで櫂星や尭風に叱られた時、槍稽古《やりげいこ》で何度やっても俺に勝てない時、白蠟《びゃくろう》様に冷たくほほえみかけられた時、あと、それから──。

──やめろ！　黙れ！　そんな話、いまは関係ないだろ！

──そうだった。話を戻そう。

黒星は指を折るのをやめ、疾風に向き直る。

──教えてくれ。おまえが泣いているのは俺のせいか？　この黒星という存在が、それほどまでにおまえを悲しませているのか？

──黒星のせいじゃ……そりゃ、関係ないとは言わねえけど。

──やはり、俺の咎《とが》か。だとしたら、俺はとんでもない極悪鬼だ。仕置処《しおきしょ》で呵責《かしゃく》を受けるどんな大罪人より罪深い。

いきなり極論に突っ走りはじめた黒星に、疾風はぎょっと目を剝《む》く。

──どうしてそうなるんだよっ。俺はただ、おまえが使命のことしか考えていないのが辛《つら》いだけだ。しかも、こっちが勝手に嫌だと感じているだけの話で……。

黒星はこれまで見たことがないほど深く眉間《みけん》に皺《しわ》を寄せ、黙り込む。

なにやらとんでもなく悩ませてしまった。思いも寄らない事態に焦り、疾風は必死に言い募る。

──あのな、嫌とか言っておいてアレだけど、おまえは間違ってないぞ。一心に、より優れた門神になろうとしているだけなんだから。

——……疾風の言うとおり、いまこのときまで、俺は門神の使命をまっとうすることだけを考えて生きてきた。それ以外のものは必要ないと。だが……そうではなかった。

言葉の端々に悔いをにじませながら、黒星は語る。

——長らく不思議だった。疾風の心の在り様が気にかかることが。笑えば心が弾み、泣けば心が沈む。相手が他の誰であろうと、そんな風に感じることは決してないのに。

——お、俺だけ？　さすがにそれは大袈裟《おおげさ》だろ。

——戯《ざ》れ言《ごと》扱いとは心外だ。俺は適当も曖昧《あいまい》も好かん。知っているだろう？

思い当たる点が多過ぎて、疾風は唸《うな》る。

確かに黒星は真面目《まじめ》で几帳面《きちょうめん》。杜撰《ずさん》な真似《まね》は絶対にしないし、ことによっては大豆の薄皮程度の差でも見過ごさない。大雑把でどんぶり勘定、注意していてもうっかりばかりの片割れとは正反対もいいところだ。

——疾風が片割れだから、使命に欠くことのできない存在だから。ずっとそれが理由だと考えてきたが、やっと正しい答えがわかった。おまえが何者よりも強く深く、門神や片割れといった枠組みを超えた情愛を俺に懸けてくれているからなのだと。三千世界に比類なき想いだからこそ、ただひとつ揺るがされる。

——いや、そこまで大層なモンじゃないぞ、多分……。

──先程の涙で裂かれるほど心が痛んだのは、常にも増して直向《ひたむ》きな想いだったから……おまえは本当に尊いほどの純真さで俺を想ってくれているのだな。なによりも大切なのは枠組みではなく中にあるもの。ようやく気づけた。

黒星は感じ入ったように自分の胸を押さえる。

その前で疾風は立ち尽くす。

どうしよう。気持ちが伝わったのはうれしいが、一気かつ過剰に伝わり過ぎて手に負えない。少し戻ってきて欲しいと切実に願った。

──……………もういい。なんか恥ずかしくなってきた。そのへんで──ぶっ！

疾風は一旦《いったん》停止を求めようとしたが、黒星の耳には届かない。感極まったといった様子で力いっぱい抱き締めてくる。

──俺の笑い方が嫌だとも言っていたな。その原因もようやく知れた。おまえの想いを枠組みと捉《とら》えていた俺の笑みはさぞかし空々しいものだっただろう。俺は何も知らず、何も見えていなかった。

黒星はいっそう腕の力を強め、じたばたともがく疾風をかき抱く。

──疾風のおかげで、俺は心というものを知れた。再び見失うことのないよう、絶えずそばで笑っていて欲しい。そのためにもいまここで誓おう。もう二度とおまえを泣かせるような真似はしない。

——……わ、わかったから、はなせ！　物理的な意味で苦しいし、巣箱が落ちる！

——ああ、すっかり忘れていた。

黒星はぱっと腕を開く。

ようやく解放された疾風はぜーはーと息を吐きながら、片割れを見上げる。

——さっきの……本気で言ったのか？

——もちろんだ。崇高な想いにふさわしく在れるよう、俺も全霊を懸けて疾風を想う。おまえと門神の使命が俺の宝であり、生路《せいろ》の意義だ。

——……ありがとな。でも、もうちょっと気楽な感じだと助かる。あと、生路の意義を限る必要なんてないんだぞ。他にもたくさん見つけようぜ。

——……他とは、たとえば何だ？

——何でもいいんだよ。今日は良い天気とか、飯が美味《うま》いとか。コイツの怪我が治って、また空に飛び出せるとか。

疾風が巣箱を抱え直せば、中からピィピィと高い鳴き声が聞こえてくる。

——待たせて悪かったな。そら、おまえの生きる場所に帰れ。

疾風は巣箱の蓋《ふた》を開き、高くかかげる。

氷ヒタキはキョトキョトと首をふり、二度、三度と確かめるように翼を羽ばたかせていたが、やがてばさりと音をたて、空に向かって飛び立っていった。

手をかざし、疾風は鳥影を追う。

隣の黒星もまた、じっとそちらを見上げている。

——無事に飛んでいったな。

氷ヒタキが空の彼方《かなた》へ消え去っていくのを見届け、疾風は黒星に笑いかける。

けれど、黒星は返事もせず、魅入られたように空を見つめていた。

——黒星？　どうした？

——………色が。空に、色がある……。

独り言のように繰り返しながら、黒星は疾風に視線を向ける。そこでまた、琥珀色の目を大きく見張った。

——同じだ。

黒星は疾風の双眸をじっと見つめ、惚《ほう》けた声でつぶやく。

——おまえの目は、空と同じ色だったんだな。

その日、黒星は生まれてはじめて知った。

片割れの目の色が澄み渡る空を映し取ったかのような青であることを。

地獄にも、ちゃんと朝があって夜がある。

馬頭生活二日目か三日目のどこか。暮れなずんでいく空を目にし、疾風は知った。

ちなみに、春夏秋冬の四季の変化もきちんとあるという。

地獄といえば釜《かま》ゆでとか火の海とか、とにかく熱そうなイメージがあったが、実際に外に出てみるとひんやりと肌寒く、疾風は大いに驚いた。黒星の話によるといまは春のはじまりで、時が経《た》てばもっと暖かくなるらしい。

もっとも、大釜がある黒縄《こくじょう》地獄や、地獄火が燃え盛る焦熱《しょうねつ》地獄などは季節とは関係なく年《ねん》がら年中《ねんじゅう》茹だるような暑さとか。門神たちの髪の先が燃えているのは地獄火を身に宿しているからだと、黒星は誇らしげに語り、興味があるなら案内するぞと言ってきた。

門神の自覚も誇りもまだまだ薄い疾風としては、ザ・地獄的光景を目にするのは必要ギリギリまで遠慮したい。よって丁重にお断りを申し上げておいた。

それにつけても、このたびの騒動ときたら。疾風にすれば、まさに晴天の霹靂《へきれき》と言うほかない。

死んで地獄に出戻って、まだいくらも経っていないというのに。とにかくいろいろあった。あり過ぎた。

閻魔庁《えんまちょう》を出て、自分たちの住まいにたどり着いて腰を落ち着けた途端、疾風はひどい疲労に襲われた。まだ午前中に該当する時間だったが睡魔に誘われるがまま眠った。

とにかく眠い。眠くて眠くて仕方がない。

異常な眠気を不審に思った疾風が尋ねれば、おそらく甦《よみがえ》りを果たした影響だろうと黒星は答えた。生まれたばかりの赤ん坊が一日の大半を眠って過ごすのと同じだと。

こんな状態が年単位で続くのかとぎょっとしたが、本物の赤ん坊と違い三日もすれば体が慣れるはずだと加えられてほっとした。

木組みの寝床は現世のベッドと似ていて寝心地は良かった。もっとも、あの状態の疾風なら多少悪かろうとも気にせず爆睡できたに違いない。

かつて、自分たちがここでどんな風に暮らしていたか。合間合間に黒星から様々な昔話を聞かされたが、相槌《あいづち》もロクに打てないほど眠かった。眠って、たまに起きては黒星が用意してくれた食事を取り、また眠るをひたすら繰り返すこと三日。ようやく、疾風はどっぺりと重い睡魔から解放された。

そして、目を開けた途端。既視感のある未曾有《みぞう》の大混乱に陥った。

重い暑いきつい苦しい、そのうえ異様に酒臭い。数々の不快の原因は、左右を見ればすぐに知れた。左側から抱き枕《まくら》よろしく自分を抱え込む片割れ（そう呼ばないとうるさい）と、右側から素っ裸《すっぱだか》で絡みついている地獄の王様（こんな有り様でも超絶偉い）のせいだ。

疾風はいま一度目をつむり、考える。

さて、なんでまたこうなった。

片割れの方はまだわかる。断じて許しはしないが、まあわかる。

しかし、王様の方はわからない。まったく全然微塵《みじん》も、この状況に至った原因、理由、経緯のすべてがわからない。ついでに、どうしていつもマッパなのかも。

疾風はまぶたを上げ、うなずく。

あれこれ考えたところで無駄。いまはそれより、地獄の中の地獄に等しいこの状況をぶち壊すのが先決。

決意とともに、疾風は左側——殴っても問題ない方に向かって拳《こぶし》をふるった。


「忘れているだろうから言っておくが、俺はおまえと違って寝起きがいい。今朝のように過激な手段で起こす必要はないぞ」

黒星は嘆き混じりに語りつつ、顎《あご》をさする。

「起こしてやったんじゃねえ。宣戦布告だ。殴られるのが嫌なら、もう二度と勝手に俺の寝床にもぐり込むな。いいな？」

「息をしていないのでは？　と思うくらい寝こけていたから、つい不安になった。万が一にも寝ている間に死んだら……」

「死ぬか！　甦った途端にまた死ぬなんて、笑い話にもなんねーよ！」

疾風は手でテーブルを打ち、叫ぶ。

黒星はかつて疾風の死を目の当たりにしている。心配性になるのもわかるが、熟睡のたびに生存を疑われては堪らない。

「……あ～、もう。おまえら朝からうっさい……。頭に響く……」

四角形のテーブルの一角。向かい合う疾風と黒星の斜め前に座った閻魔王が頭を抱えながらうめく。

いかに天元突破した美貌《びぼう》の持ち主とて、二日酔いのグッデグデ状態がみっともないという点は変わらない。このうえマッパなら目も当てられないが、いまはそのへんに脱ぎ散らかしていた服を着ているため直視可能な状態だ。

そもそも、そこに安心するのはおかしいと思いながらも、閻魔王が少なくとも出かける時は服を着ていたのだという事実に疾風はほっとする。手下の寝床に無断かつマッパでもぐり込みこそすれ、生まれたままの姿で外出するほど非常識ではないようだ。

黒星は閻魔王に花の香りのする茶を差し出しながら、神妙な口調で進言する。

「また通りの店で呑《の》み過ぎて、閻魔殿《えんまでん》まで帰るのが面倒になったんでしょう。呑むなとは申しませんが、せめて屋敷《やしき》に帰る余力は残してください。あまり外泊が続くと、俺たちまで白蠟様に叱られます」

疾風たちの家は商店街兼住宅地のような雑多な集落の中にある。山を切り開いて造った町並みは急な坂や階段、細い路地が蜘蛛《くも》の巣《す》の形に張り巡らされている。そして、その道々には大小様々な家や商店、呑み屋などが所狭しと軒を連ねている。

「出される杯を受けないなんて蟒蛇《うわばみ》の恥だろー。あと、どうせ説教するならもっと蔑《さげす》みを込めてくれ。黒星ならイイ感じに俺のツボを突けそうだ」

「御命令とあらば、努力しないでもないですが……先に白蠟様の承諾をもらっていただかねば。許しもなくそんな真似に及べば、叱責《しっせき》を超して抹殺されます」

いや！　いやいやいや！　そこは断れよ！　胸の内で疾風は全力でツッコミを入れる。白昼堂々ＳＭプレイがまかり通る職場など耐えられない。

「白蠟がうなずくはずないだろ。わかった。言葉責めは諦めるから、いつものアレ。棗《なつめ》の入った薬膳粥《やくぜんがゆ》を作ってくれよ」

「もう用意しております。それを食わねば帰らないと、衆合《しゅうごう》地獄の鬼女たちのところに駆け込まれても困りますから」

「さっすが、黒星。抜かりがないよなあ。白蠟が買うのもわかるわ～」

やれやれと肩をすくめる黒星と、へらへらと笑う閻魔王を見比べながら、疾風は嫌な予感に眉《まゆ》を寄せる。いまのやり取りを聞く限り、閻魔王の無断侵入ははじめてではなく、これまで幾度となく起こっているとしか思えない。

閻魔王の所望に応《こた》えるため、黒星が部屋を出ていこうとする。これ幸いと疾風はあとを追った。

部屋の横手の仕切られた小さなスペースには、火が熾《おこ》った竈《かまど》と流し台、水の入った大きな甕《かめ》などが並んでいる。疾風が知るそれとは大きく違っているが、台所に該当する場所であるのはわかる。

「なんかおまえ、この状況に慣れてないか？　そんなにしょっちゅう、閻魔王はここに転がり込んできているのかよ」

「しょっちゅうと言うほどでもないぞ？　月に二、三度あるかないかくらいで」

「十分多いだろ！　まさか、そのたび…………なあ、おまえって左利きなのか？」

竈の前に立った黒星が左手でお玉を取ったのを見て、疾風は尋ねる。

「当然だろう？　おまえの利き手が右なのだから」

何を当たり前のことを、といった黒星の表情に、疾風はいろいろ察した。

「……つまり、門神っていうのはそういうモンってことだな」

「我ら門神は対を成すもの。利き手も当然、必ず左右に分かれる」

わかった、それで十分だとばかりに疾風はうなずく。

多分、門神とは、ひいては地獄とはそういうものと納得した方が早い。いちいち引っかかっていては日が暮れる。

「ところで、さっきの話に戻るけど、まさかここにもぐり込むたび、閻魔王は素っ裸で寝床に入ってくるとか……言わないよな？」

「閻魔王に言わせれば、寝る時に服を着る方が間違っているらしい。すべてをさらけ出さねば安眠できないと言われれば致し方あるまい？」

「なんでそう、病的なまでに裸族主義なんだよっ」

「布地が肌にまとわりつく感触がとにかく嫌だとか。各々、感覚はそれぞれ。同じ門神である亥頭《かいず》の波逐《はちく》も、衣服を着るとただならぬ閉塞感《へいそくかん》を覚え、呼吸困難を起こすという難儀な体質でな。年がら年中、褌《ふんどし》一丁で過ごしている」

「……その体質は大変だし気の毒だけど、ちょっと開き直り過ぎだろ」

　地獄の連中はどいつもこいつも、本能と欲望に忠実過ぎる。現世ではあり得ないワイルド思考に頭痛を覚えながらも、褌一丁の言葉に疾風は改めて思う。地獄にパンツがあって良かった。マジで良かったと。

　眠気が去ってはじめて気づいたが、時代めいた衣服と違って、少なくとも男物の下着に関しては現世とそれほど差がない。やや生地が厚ぼったいのと、ゴムではなく紐《ひも》で留める形になっている点を除けば、いま穿《は》いているものはトランクスとよく似ていた。

　もし、パンツがなかったら……ずっと疾風の背筋が冷える。

　褌なんて見たこともない。当然ながら締め方も知らない。

だが、心配はそこじゃない。きっと、黒星は頼む前から飛んできて、手取り足取り教えたがるに決まっている。それこそが嫌なのだ。

「波逐は不断の努力の末、褌を締められるようになったのだぞ。この成就には片割れである寅頭《いんず》の驟雨《しゅうう》の尽力も大きい。波逐の負担にならぬ布地を作るため、蚕を育てることからはじめて……己も、片割れ以外には素顔を見せられないほど照れ屋という悩みを抱えているというのに。見上げた献身だ」

「そこまで照れ屋じゃ、門神やれねえんじゃ……」

「波逐が作った仮面をつけて、滞りなく使命を果たしているぞ。なんでも、片割れの真心に覆われていれば他と向き合う勇気が持てるとか。まさに一対魂の鑑《かがみ》。俺たちにも負けず劣らずの深い想いの懸け合いだ」

「……とりあえず、亥頭と寅頭が世にも奇妙な感覚の持ち主でも、頑張り屋で思い遣《おもや》りのある良いヤツらだってのはよくわかった」

「それと、閻魔王のこだわりに口を挟むなどもってのほか。あの御方の双肩には地獄の繁栄と安寧がかかっている。風紀に問題があろうと、満足のいく休息を取り、御身を労《いたわ》っていただかねばならん」

「自分の家に収まってりゃ、どんな恰好《かっこう》で寝ようと文句はつけねえよ。わざわざ、よその寝床にもぐり込んでくることが問題だって言ってんだ」

「その点については、俺も頭を抱えている。我らの寝床など、とても閻魔王の玉体を横たえるに値しない。しかし、あるかどうかわからぬ訪問のために分不相応な寝台を設《しつら》える訳にもいかぬしな。さて、どうしたものか」

「悩むところが違うだろ！　いくら親玉で偉くても、マッパで勝手に寝床に入ってくるなんておかしいと言っているんだ！」

「懐かしいな。そうやって諦め悪く騒ぐから、閻魔王が面白がり、あえておまえの寝床にもぐり込んでいらっしゃった。翌朝はいつも俺に愚痴を垂れて……またこんなやり取りができるとは。幸せだ」

「ロクでもない思い出でほのぼのするな！　つうか、今も昔も可哀想だな、俺！」

「とにかく、閻魔王の訪問を止めることはできん。寝床の侵入も然《しか》りだ。もぐり込むなら俺の方にしてくれと頼んでもいいが、おそらく逆効果にしかならん。諦めろ」

黒星から爽《さわ》やかに言い渡され、疾風は青ざめる。

問題の捉え方の温度差がすごい。黒星にすれば、猫が布団に入ってくる程度なのかもしれない。

嘘《うそ》だろ、マジで勘弁してくれ。つうか、これってパワハラなんじゃ……悲愴な叫びが脳内で交錯する。

けれど、口には出せない。うっかり舌を滑らせたが最後。いつ何時あの無慈悲な鬼神の耳に入り、どんな制裁を喰《く》らわされるか知れたものではない。

片割れの苦悩をよそに、黒星は椀《わん》を手に取り、鍋《なべ》の中身をよそいはじめる。

「疾風、おまえも粥でいいか？　他に食いたい物があれば作るが」

「作ってもらって、文句なんか言わねえよ。粥で十分だ」

「そうか。なら良かった」

黒星は椀を三つ載せた盆を手に部屋に戻っていく。

このうえ訴えたところで平行線。がくりと肩を落とし、疾風も続く。

「閻魔王、お待たせしました。棗の薬膳粥です」

「お、ありがとな。うっわ、相変わらず美味そう」

「おだてても、粥しか出ませんよ。ほら、疾風。こっちはおまえの分だ。熱いから気をつけて食えよ」

「だから、子供じゃねえって」

無駄と知りつつ、疾風は憎まれ口を叩《たた》く。せめてもの抵抗だ。

「んっ、ま〜い。やっぱ、二日酔いには棗粥に限るわ。臓腑《ぞうふ》に沁《し》みる」

早くも粥を食べはじめた閻魔王が感慨しきりに語る。御満悦な御尊顔を拝する限り、まんざら世辞でもない様子だ。

寝てばかりいたとはいえ、腹は減っている。疾風も陶器の匙《さじ》を取り、赤黒い実が浮かぶ黄みがかった粥を口に運ぶ。

とろりと滑らかな感触と、果実のものだろうか、かすかに酸味がかった甘味が舌に心地好い。食べたそばから体がほわほわと温かくなってくる。

「……美味い」

「本当か？　おかわりもあるからな。たくさん食え」

疾風が思わずつぶやけば、向かいに座った黒星が顔を輝かす。比べるまでもなく、閻魔王に褒められた時よりはるかにうれしそうだ。

疾風はしみじみ思う。もったいないと。

壁ドンからの顎クイで「俺だけを見ていろ」とかなんとか抜かしてもサマになる、そんな俺様イケメンの見かけに寄らず、黒星は随分とマメで家庭的だ。粥のみならず、トロトロの豚角煮入りのちまきや、蜂蜜漬けの胡桃《くるみ》がのった蒸しパンや、ピリ辛きんぴらが包まれた揚げ餅《もち》など、さっと食べられるものが良いだろうと、眠りの合間に出してくれた軽食はどれも美味《おい》しかった。家もそれ自体は年季が入っているが、掃除が行き届いているので居心地が好い。

イケメンで長身で家事ができて、何があっても守ると請け合ってくれて、実際おっかない上司から体を張って庇《かば》ってくれて。これでモテないはずはない。片割れなんぞにひっついてないで、もっと魅力的な相手に情熱を注げばいいものを。

疾風が嘆き混じりのため息をついていると、閻魔王がひょいと話しかけてくる。

「いいねえ、疾風は。ちょっと硬くてデカいけど、世話好きで気が利いて、おまけに見下し系の嬲《なぶ》りプレイが似合う伴侶《はんりょ》がいて」

まさに不意打ち。疾風はブハフッと音をたて、粥を吹き出してしまった。

「閻魔王。疾風を混乱させるような言動はおやめください。我らは一対魂の絆は、親兄弟の血縁や連れ合いの恋慕とは異なる結びつき。混同されては困ります」

同じく粥を食べ進めていた黒星が顔をしかめる。

抗議してくれるのはありがたいが、疾風からするとどこか指摘がズレている。

「そうは言ってもなあ、これまで五対二代、一対一代、合わせて二十二の門神を召し抱えてきたけど、黒星ほど過保護な片割れ馬鹿にはお目にかかったことがないぞ。掃除して洗濯して美味い飯作って、んで一日の終わりにゃ添い寝して。やっぱ片割れというより、お世話が大好き過ぎる伴侶だろ」

閻魔王の言葉の暴力に疾風は打ちのめされる。

伴侶？　伴侶っていわゆる、結婚相手のことだろ？　カッチカチに割れた腹筋を持つコレが？

思春期の妄想力とはげに恐ろしい。すぐさま、フリフリエプロン姿の黒星が脳内に現れる。台詞《せりふ》は定番中の定番、お帰りなさい、アナタ。ご飯？　お風呂《ふろ》？　それとも――。

「っじゃ、ねえっ！　そこはせめて割烹着《かっぽうぎ》にしとけよ、俺！」

匙をテーブルに叩きつけ、疾風は叫ぶ。

「疾風、どうした？　眠り過ぎて頭が呆《ほ》けているのか？」

「え～、なんだよ急に。食事中に大声出すなって教わらなかったのか？　黒星、ちゃんと躾《しつ》けておけよ」

悔しさに歯切りしながらも、そっちの無責任な放言のせいで、これコレこういう脳内被害を受けましたと詳しく話すのが嫌で疾風は黙り込む。それにしても、不法侵入癖のある露出狂に礼儀を説かれるとは。無念過ぎる。

「あ、そうだ。酒のせいですっかり忘れていたけど、白蠍から託《ことづ》けがあったんだ」

粥を食べ終え、茶をすすっていた閻魔王がのん気な声を上げる。

「体も慣れてきたところで、いよいよ本格的に疾風を地獄の生きものに叩き上げていくつもりみたいだな。まずは今日から七日間、地獄の知識を叩き込む。もし、認可に達しなかった場合、無事に閻魔庁から出られると思うな。覚悟して来い、だって」

予期せぬ閻魔王の言葉に、疾風はぎょっと目を剝く。

「白蠍様の直伝など得難い果報ではありますが、教育役ならば私がおります。お手を煩わせる必要はありません」

遠慮や恐縮というより、憤懣《ふんまん》やるかたないといった様子で黒星が言い募る。

黒星の閻魔王や白蠟に対する尊敬や忠義の心に疑いはないが、事態に片割れが絡むとなると譲るつもりは毛頭ないらしい。

「黒星はべったべたに甘やかすから論外だってよ。教育役として一番不向きなヤツには任せていられない。時間の無駄だとさ」

「しかしっ――」

「門神の中でも、とりわけ使命感の強いおまえのことだ。一日も早く、疾風と門の守護に立ちたいと願っているはず。白蠟の提言はその想いを汲《く》んでのもの。あの石頭なりの優しさだ。わかってやれ」

黒星はぐっと声を詰まらせる。

命令ではなく思い遣り。そう言われると断れない。

「早い話、この決定に異論の余地はない。せいぜい気張れよ、疾風」

閻魔王にポンと肩を叩かれたものの、疾風は返事も儘《まま》ならず項垂《うなだ》れる。

七日後、果たして生きているのだろうか？

答えは――鬼神様のみが知る。


「疾風、これは昼食用の弁当だ。俺だと思って食ってくれ！」

食われてどうする。腹の中から見守るとでも言うのか？　毎度のごとく、黒星にぎゅうぎゅう締めにされながら疾風は心の中で問う。

「近所の女房たちから、現世ではきゃらべんというものが好まれると聞いた。いままでは地獄の子鬼たちも夢中らしい。俺も見よう見真似ながら、おまえの励みになればと思って作ってみた。せめてもの慰めにしてくれっ」

「きゃら……ああ、キャラ弁か。別に普通で十分だし。そもそも、地獄にキャラクターが存在するのか？」

「黒星。いい加減に目障りです。先程命じたとおり、衆合地獄の手が足りていません。早く獄卒たちの管理に回りなさい」

今日も今日とて、微笑を浮かべた閻魔庁の冥官長《みょうかんちょう》は白百合《しらゆり》よりも麗しい。

しかし、目の奥の光は裸足《はだし》で逃げ出したくなるほど冷たい。

「無論、粉骨砕身して役目を果たします。ですから、どうか疾風のことをよしなにっ」

「はいはい。夜は共に過ごすことを許しますので、早く行きなさい」

白蠟は至極穏やかに応じる。

気品に満ちてはいるものの、これほど上っ面という言葉が似合う笑顔もない。

「わかりました。ではな、疾風。くれぐれも粗相のないようにな」

「……言われなくてもちゃんとやる。俺だって、死んだばかりでまた死にたくない」

疾風は切実な思いで答える。本当に腹の底から、一片の偽りもない心情だ。

黒星は大いに別れを惜しみながら、部屋から出ていく。

バタンと扉が閉まった。

「やっと行きましたか。では、早速はじめますよ」

嫌だあぁぁーと叫び出したい衝動を必死に堪えて、疾風はうなずく。

絶対零度の殺し屋とふたりきり。いよいよ恐怖の時間のはじまりだ。

「どうぞよろしくお願いします……でもあの、裁きはいいんですか？」

「私の他にも、閻魔王には八名の冥官がついております。効率に多少の影響はあれど、裁判に障りはありません」

「白蠟様以外に？」

やや意外な感じがして、疾風は尋ねる。

正直、白蠟以外にあの閻魔王の補佐が務《つと》まる者がいるとは思えない。というより、いて欲しくない。白蠟に匹敵する凶悪鬼が他にもいるなど、考えただけで身が細る。

「ええ。いまは三席と五席の者に任せております。ただ、あの阿呆《あほう》は私がいないと即怠けようとしますので。くれぐれも目を離さぬよう、部下たちに念を押さねばならないところが難儀です。万が一にも手抜かりあらば、じっくり剝《は》ぎ、奥底まで抉《えぐ》ると言い置いてきたので大丈夫とは思いますが」

三席と五席、俺のせいでごめんと疾風は胸中で詫《わ》びた。

「そこに座りなさい。まずは地獄の全貌《ぜんぼう》を理解してもらいます」

白蠟に促され、疾風は細い肘《ひじ》掛《か》けがついた飴色《あめいろ》の椅子《いす》に腰を下ろす。そろえて置かれた四角いテーブルも同じ色で、四隅に蝶《ちょう》の螺鈿《らでん》細工が施されていた。

テーブルには筆と硯《すずり》、広げられた巻子《かんす》が用意されている。おそらく、これが鉛筆とノートなのだろう。疾風は肩を落とす。書き取りすら危ういかもしれない。

黒星の話によれば、この部屋は閻魔庁の中にある白蠟の仕事場。公的な執務室というより私室に近く、多忙の折、基本的にはほぼ毎日のように泊まり込んでいると聞いた。

テーブルと椅子以外には大きな机、背表紙が隙間《すきま》なく並んだ壁一面の本棚、巻子が山と積まれた棚が三つある。机の横に扉が見えるので奥が寝室なのかもしれない。

「地獄は大きくふたつに分かれています。我々がいる八大地獄と八寒地獄。八寒も無関係ではありませんが、まずは八大の詳細を把握してください」

白蠟は手にした図面をテーブルの空いたスペースに広げる。

「八大地獄とは、等活《とうかつ》、黒縄《こくじょう》、衆合《しゅうごう》、叫喚《きょうかん》、大叫喚《だいきょうかん》、焦熱《しょうねつ》、大焦熱《だいしょうねつ》、そして阿鼻《あび》。罪状にもよりけりですが、通常は罪を重ねた者ほど下層の地獄に落ちるとされています」

「地獄って地下に広がっているんですね」

「そうです。この閻魔庁や他の十王たちの庁舎、境界門や三途《さんず》の川《かわ》などがあるここは最上階層。人間の感覚で言えば地上ということです」

「どこもかしこも仕置処って訳じゃないんだ……」

地獄の全景が描かれた絵図を眺めながら疾風はつぶやく。

考えてみれば、自分たちの家があるあたりは普通の町だったし、なにより血なまぐささなどまったく感じなかった。

「当たり前でしょう。地獄で暮らす鬼は獄卒ばかりとは限りません。むしろ、現世の公務員がそうであるようにあくまで一部です。それに我ら獄卒とて、仕置処で暮らす趣味はありませんから。中にはいっそ仕置処で暮らしたいという、根っからの血臭好きや加虐主義者もおりますがごく稀《まれ》です」

「……へえ」

疾風はそっとエア質問を投げる。

そのごく稀なるひとりは白蠟様ですか？　もちろん、あくまで思っただけ。実際に切り込む度胸などない。

「八大地獄の各処周辺にはそれぞれ、十六の小地獄が存在しています。今後、整備統括を進めていくつもりですが、いまのところ八大には一二八ヵ所の地獄がある。ここに八寒を加えた一三六ヵ所。これが現在の地獄の総数です」

「白蠟様はそれを全部覚えて――」

「そんなことは基礎中の基礎。獄卒でありながら、把握できていない者がどうかしているだけです」

疾風は力なく笑う。

多分、獄卒の大部分はどうかしているような気がした。

「次に、貴方《あなた》について。貴方は門神《もんしん》、馬頭《めず》の疾風《しっぷう》。正式には十二門神《じゅうにもんしん》、七座馬頭《しちざめず》と呼ばれる存在です」

白蠟は疾風の傍らに立ち、筆を取る。巻子の紙面にさらりと記された〈門神、馬頭の疾風〉と〈十二門神、七座馬頭〉の文字は期待に違わず大層美しい。

「天界の十二天将との比肩で、十二冥将《じゅうにみょうしょう》、鶉火馬頭《じゅんかめず》とされる場合もありますが、地獄でそちらの呼称が用いられることはほとんどありません」

白蠟はさらに〈十二冥将、鶉火馬頭〉と書き足す。

「じゅ、じゅん？」

はっきりいって、疾風は自分の名前だけですでにいっぱいいっぱいだ。

「では、次に――」

「あ、あのっ、すみません」

「なんです？」

「えっと、ふり仮名を書いて欲しいです。その、地獄の名称と俺の呼び名に」

「……義務教育とやらは受けたのでしょう？」

「…………受けました。けど、漢字はちょっと苦手っていうか」

「漢字は、ちょっと？」

「…………漢字も、かなり、苦手でした」

一呼吸の沈黙のあと、白蠟はぼそりと「予想より深刻ですね」とつぶやいたが、きちんとふり仮名を書き足してくれた。

美麗な瓜実顔《うりざねがお》に浮かぶ表情を見るのが怖く、疾風はひたすらうつむく。ぎゅうと下を向きながらも、俺のくせにこんな漢字が読めるなんて。昔の俺、俺のくせに生意気だと己に対し息巻き続けた。

続いて、白蠟は絵図の中央付近に描かれた楼門を指す。

「貴方たち門神が守るのは主にここ。天界、地獄、現世の三界をつなぐ境界門です。門神は常にふたつでひとつ。一対魂がそろって、はじめて使命が果たせる。また、使命遂行のために授かりし五つの神力があります」

白蠟は再び筆を走らせる。今度は最初からふり仮名が添えられていた。

「門錠《もんじょう》、点睛《てんせい》、魂具《こんぐ》、宿火《しゅくび》、飛地《ひち》。これは他の鬼にはない特殊な能力です」

「点睛はわかりますが、他は？」

「門錠は門の開閉を行う力です。そして、魂具は己の魂から武器を生み出す力」

「どっちもわかります！　開けゴマと槍を出すヤツですよね！」

滅多にないピンとくる感覚がうれしくて、疾風は思わず前のめりになる。

「あと、宿火は地獄火を身に宿す力で、飛地は卓越した身体能力です。腕力や脚力、反射神経など。突出箇所や具合には個体差があります。貴方の場合、人間の頃より格段に視力が上がったと感じているのでは？」

「はいっ、そのとおりで……なんでわかるんです？」

「元々、貴方は優れた遠目の持ち主でしたから。門神は万事の守護という重責を担わねばなりません。危難の際には持ち得る能力を遺憾なく発揮できるよう、常に精進を心がけてください」

「正直、自信が……いきなり魂から槍を出せって言われても……」

「生来より宿っている能力です。やってやれない道理はありません。七日経ってもできないとあらば、心身ともにギリギリまで追い詰めてひねり出します」

「お、お手数をかけずに済むよう、頑張ります！」

疾風は慌てて声を張り上げる。

とにかく、額を地面にこすりつけてでも黒星になんとかしてもらおう。目の前の鬼神にひねり出されるのだけは御免だ。

そんな胸の内を読んだ訳でもないだろうが、白蠟が「まあ」と言い添えてくる。

「神力や職務の果たし方については、黒星に教わるのが良いでしょう。あの者は門神としても獄卒としても大層優秀ですから」

「黒星が優秀……」

疾風はやや懐疑的な口調で繰り返す。

黒星が優秀であることは察しがつくのだが、自分に対する過保護っぷりや執着ぶりを思い返すと、つい疑いたくなってしまう。

「貴方の気持ちもわかります。確かに、黒星は事が片割れに及ぶと、脳漿《のうしょう》が九割方消滅したのかと疑いたくなるほど愚行を犯します。どうしてあれほどぶり切った馬鹿になってしまうのか……。ぜひとも改善したいところです」

「……………その点については、俺からもお願いします」

「とはいえ、それ以外の場における黒星は切れ者ですよ。少なくとも、向こう気ばかりが強く、せっかちで慌て者で、口は元より、手も出るせいで揉《も》め事《ごと》ばかり起こしていた貴方よりはるかに使える男です」

白蠟の一刀両断に、疾風はぐぬぬと臍《ほぞ》を嚙む。

並べられた欠点の数々は人間だった頃にもよく言われた。昔のことはまったく覚えていないが、この評価を疑えないのが悔しい。

「少々脱線しました。話を戻します。地獄の大まかな成り立ちを理解したところで、次は裁判の仕組みについて学んでもらいます。まずはこちらをご覧なさい」

白蠟は筆を置き、おもむろに何かを取りだしてくる。

一瞬、疾風は目を疑ったが、間違いない。それは、明るい赤や黄色で〈たのしいさいばん〉と銘打たれた紙芝居だった。

白蠟と紙芝居というシュールな取り合わせも然《さ》ることながら、まさか地獄でこんなメルヘンチックな紙芝居に出会おうとは。タイトルの下には幼児が好きそうな、丸みのある絵柄で三頭身の鬼が描かれている。横には吹き出しがあり、その鬼がしゃべっている態で「えんまおうのおしごとがよくわかるヒヒーン」と記されていた。

じわじわと疾風の顔が強張《こわば》っていく。

絵はプロ並みに上手《うま》く、現世の幼稚園にあってもおかしくない出来栄え。だが、やたらと鬼のデザインに見覚えがあるのが気にかかる。あと、ヒヒーンという語尾にも嫌な予感しかしない。

「子鬼向けの教材ですが、実に的確に要点がまとめられていてわかりやすいのでこれを使って説明します。ちなみに、この紙芝居の作者は黒星です」

「はいっ？」

「近所の子鬼たちのために遊びで作ったという話でしたが、あまりの出来の良さに修学小屋の教師たちが感心して、公用の教材として使われるようになった次第です」

片割れの思わぬ才能に意表を突かれながら、どうしても確認したいことがあり、疾風は表紙に描かれた鬼を指差す。

「………作者が黒星なら、こっちはひょっとして――」

「貴方です」

やっぱり？　そうだと思った想定内――で済んだら地獄はいらねえっ！　やり場のない怒りとやるせなさを込めて、疾風はテーブルに額を打ちつける。ぶつけてから、角が上向きに生えていて良かったと思った。

「どうせすぐにわかるので言っておきますが、この先も解説役の〈めっくん〉として貴方は出てきます。かわいいから適役だと思った、とのことです」

「……白蠟様に褒められるほど優秀な黒星が、かわいいって言うなっていう、ごくごく単純で簡単な片割れの願いを理解できない理由がわかりません……」

額をテーブルに押しつけたまま、疾風は恨みがましい声でうめく。

「言ったでしょう、片割れが関わるとふり切った馬鹿になると。この紙芝居が教材として普及した影響で、貴方は子鬼たちの間で抜群の知名度を誇っています。もっとも、門神馬頭というより、めっくんとしてですが」

「勝手におかしな知名度を上げないでください！　俺の肖像権どこいった！　あと、ヒヒーンって！　干支《えと》と安易に結びつけんなって言っていたのは自分だろうがっ」

えんま
よく
ヒヒーーン

ガバッと起き上がり、疾風は叫ぶ。

「甦り早々、傷つけることもないと思い黙っていましたが、かつて貴方はそうしゃべっていましたよ」

疾風は地獄の終わりだ、いますぐ命を絶つと言わんばかりの表情で白蠟を見る。

「というのは、冗談ですが」

「～っ、いくらなんでもあんまりだ！」

「元はといえば、貴方のせいでしょうが。修学会が公用化を申請したと聞いて、閻魔王に取り下げの直訴に来たりするから。あの阿呆は相手が嫌がれば嫌がるほどやりたがる正真の下衆《げす》。恐ろしいことに親切心ですらある。大方自分同様、相手が快感に打ち震えるとでも思っているのでしょう。まさに底なしの変態。あれほど性質と性癖があからさまなのにどうして学習しないのか。理解に苦しみます」

「それをやったのは俺かもしれないけど俺じゃないです！　ああああ、なんだよもうっ。昔の俺、王様と片割れにどんだけ人……いや、鬼権侵害されてんだっ」

「文句は黒星にどうぞ。もっとも当時、黒星は怒り狂う片割れの前で、地獄中に疾風の愛らしさが伝わってうれしいなあと平気で大喜びしていました。いまさら文句を言ったところでまさしく対牛弾琴。無駄でしょうね」

疾風は無言のまま項垂れる。

前々世からのキャリーオーバーがひど過ぎる。前世は愛されないのが辛かったが、今世は愛され過ぎるのが辛い。ほどほどが一番。いまほどその言葉を痛感したことはない。

「時間が惜しいのではじめますよ。言っておきますが、随所に点在する、解説役に対する薄ら寒い賞賛が耐え難くとも、目を逸《そ》らしたり、耳をふさいだりするのは禁止です。細大漏らさず見聞きして、地獄の裁判の仕組みを脳髄に叩き込んでください」

黒星の片割れ馬鹿はリアルだけでパンク状態だというのに。何故に紙媒体を通じて追体験せねばならないのか。もはや拷問に等しい。絶望に浸されながら、それでも疾風は顔を上げる。でなければ殺《や》られると、本能で悟っていたから。

「たのしいさいばん、はじまりはじまり」

冷静沈着そのものといった声で白蠟が紙芝居の裏書を読み上げる。

それはまさに、地獄の幕開けを告げる一声だった。

「…………疲れた」

場所は閻魔庁の片隅にある小さな中庭。その中央には真っ赤な地獄花が咲き乱れている。

花畑に面した石階段に腰を下ろし、疾風は重いため息を落とす。

午前中の講義は乗り切ったものの、心身の疲労困憊《ひろうこんぱい》ぶりは深刻。このあと夕刻までやり遂《おお》せる自信がない。

「……あー、地獄ヤバイ。マジでヤバイ……」

疾風は折った膝の上に額をつけ、再び息を吐く。

半刻《はんとき》の休憩を告げるや、白蠟はさっさと部屋を出ていった。閻魔王の締めつけか、裁判の進捗《しんちょく》確認か。なんにせよひどく忙しそうだ。講義中も入れ代わり立ち代わり、確認や指示を仰ぐ獄卒たちがやってきていた。おそらく地獄中から頼りにされているのだろう。

「でも……やるしかないよな」

疾風は顔を上げ、風に揺れる花々に向かってつぶやく。

黒星は全力で世話を焼いてくれているし、白蠟も多忙の身を割いて面倒をみてくれている。感謝こそすれ、文句を言えた義理はない。なにより、地獄で生きていくと決めたのは他ならぬ自分自身。

為《な》せばなる。決意も新たに、疾風は傍らに置いた弁当を取り上げる。腹が減ってはなんとやらとばかり、勢い良く包みを開く。

曲げわっぱに似た竹製の弁当箱を眺めながら、疾風は改めて思う。

このふたつを並べて語るのは難があるかもしれないが、食べ物もパンツ同様、現世との違いが大きくない。

黒星の話によれば、人間の食べ物に対する探究心や意欲は、鬼が到底及びもつかないほど強く、また優れているらしい。農耕畜産、酪農のみならず、調理法や献立も人間たちの後追いをしている。だから、似ていて当然とか。確かに野菜や果物、穀物だけでなく、魚や肉も現世で食べていたものとほぼ同じ。いまのところ食事の面の苦労は皆無だ。

「そういえば、キャラ弁とか言ってたっけ」

不安半分期待半分、疾風は弁当箱の蓋を開く。

真ん中を陣取っているのはふたつのにぎり飯。どちらにも丸く切った海苔《のり》の目がついている。正面を向いた一方に対し、もう一方はがばりと大きく口を開いた態で、白いカマボコで作られた鋭い牙《きば》を剝《む》き出《だ》しにしている。一方が一方に容赦なく喰らいつく様は忘れるはずもない。灯《あ》かり玉の共食いシーン。

キャラ弁って、こんなんだっけ？　疾風は弁当を見つめながら、しばしキャラ弁の定義について考える。どうも自分が知るそれと違っている気がしてならない。

されども、チョイスはさて置き、キャラの再現率はすごい。完璧《かんぺき》な造形美、いまにも動き出しそうな躍動感。おかずもまた素晴らしい。人参《にんじん》や牛蒡《ごぼう》、タケノコは火炎の形に刻まれ火の海に、丸く巻かれた卵焼きは角と目鼻口がつけられ鬼に、色とりどりのあられがまぶされたエビ天は金棒になっている。

「現世にいたら、カリスマ弁当王子になれるな、アイツ……」

乾いた笑いをこぼしつつ、疾風は手を合わせ「いただきます」とつぶやく。

どこから食べたものか。最初の一箸《ひとはし》を迷っていると、いきなり背後から声がかかった。

「こちらにいらっしゃったんですね。午前の講義、お疲れ様でした」

「うっわ」

思わず取り落としそうになった弁当箱を抱え込みながら、疾風はふり返る。

うしろに立っていたのは、鹿《しか》のように枝分かれした二本の角を持つ小柄な鬼。作務衣《さむえ》に似た衣服に前掛けを着《つ》けた恰好は和菓子屋の店員っぽい。

「驚かせてしまいましたか。これは申し訳ない」

茶器などが載った盆を手に、屈託なく笑う顔と特徴的な形の角には見覚えがあった。

「……ああ。前に閻魔庁で会った」

「その際はご挨拶《あいさつ》ができず、失礼しました。私は鹿鳴《ろくめい》。いまは冥官見習いとして白蠟様の側仕《そばづか》えを務めております」

「俺は不知火《しらぬい》疾風《はやて》……いまは馬頭《めず》の疾風《しっぷう》っていうらしい。こっちこそ、よろしく」

「はい。改めまして、どうぞよしなに。それにしても、このたびは随分な難儀がふりかかったものですね。いろいろと大変でしょうが頑張ってください」

「うん。ありがと」

疾風は礼を返しながら、ひそかに感慨に耽《ふけ》る。

地獄に来てはじめて、まともな会話をしている気がする。こっちの話を完全スルーで抱き締めたり匂《にお》いを嗅《か》いできたりしないし、剝いだり抉ったりしようとしないし、おまけに下衆でも全裸でもない。最高過ぎる。点睛の能力であわやという心配もなくなったいま、ぜひとも仲良くしたかった。

「白蠟様より、食事の相伴を務めよと申しつかりました。お隣、よろしいでしょうか？」

「そっか。なら、一緒に食おうぜ」

疾風が笑顔で促せば、鹿鳴はうれしそうにいそいそと近寄ってくる。

「ところで、俺はアンタを何て呼べばいい？　正直そういうのがよくわかんなくって」

「気軽に鹿鳴と。私なぞに畏《かしこ》まる必要はございませんよ。さ、お茶をどうぞ」

石階段に腰を下ろすなり、鹿鳴はてきぱきとした手つきで湯気の立つ茶杯を差し出してくる。おっとりしているようで動きに無駄がない。さすがは白蠟の側仕え。疾風は再び感心した。

「ん、どうもな」

「折に触れ、現世の話を聞かせていただければうれしいです」

「現世の？　なんでまた？」

受け取ったばかりのお茶をすすりながら、疾風は首を傾げる。

「冥官を目指す身として、少しでも現世や人間について見識を深めたいのです」

「そういえば、閻魔王や白蠟様は現世についてやたらに詳しいよな。黒星は話が通じないことも多いのに。裁きに関わる仕事に就くには現世の知識が必要なのか？」

「もちろん。裁きにおいて、時々の現世がどういったものかを知っておくことは必要不可欠です。いつの時代であれ、人の罪は世の在り様と密接につながっておりますゆえ」

「なんかこう、身につまされる話だな……」

「人の世の変化は実に目まぐるしい。地獄とて移ろいゆくものはございますが、現世のそれとは速さも量も比べるべくもありません」

今後の苦労を思ってか、鹿鳴は妙に年寄りじみた息を吐く。

「天界と地獄、そして現世。前者と後者は完全に隔たれております。役目によっては行き来する者もおりますが」

「え？　じゃあ、場合によっては俺も現世に行けたり？」

「不可能ではないでしょうが、まずお許しが出ないかと。一獄卒ならともかく、門神ほどの神力を携えた存在が現世に踏み入れば、五行の秩序に乱れが生じてしまいますので」

「その、五行の秩序ってのが乱れると、どうなるんだ？」

「主には大規模な自然災害を引き起こします。仮にそういった形で起こらずとも、なにかしらの悪影響を及ぼしてしまう」

「マジかよ……。俺、人間にとって滅茶苦茶《めちゃくちゃ》迷惑なヤツじゃねえか」

疾風は愕然《がくぜん》とつぶやく。

この新事実には、元人間として少し落ち込んでしまう。

「こちらと向こうとでは森羅万象の理《ことわり》が異なりますゆえ。神力が強いほど、現世に直接関わるのは御法度となる。しかしまあ、悪影響の問題がなければ、誰にどれほど止められようとも、黒星殿は人間であった疾風殿のところに馳《は》せ参《さん》じられていたでしょうね」

ほほえましげな鹿鳴の言葉に、疾風は盛大に顔を引きつらす。

とりあえず、この迷惑体質のおかげで得られていた平穏もあったということか。

「行き来が限られているため、裁き以外で現世について知る手立ては非常に少ない。ですから、最近死んだばかりという、鮮度の高い記憶を持つ疾風殿とお話ができる機会はとても貴重なんです」

「……喜んでもらえりゃ幸いだ。魚か野菜になった気がするけど」

「人間については人間に尋ねるのが最も理に適《かな》っている。そう説き、白蠟様は人間を獄卒に登用する制度を立ち上げられました。これはいまでも、地獄三大改革のひとつに数えられる英断です」

どこか誇らしげに鹿鳴は胸を張る。白蠟に心酔していることがよくわかる姿だった。

「マジか！　すげえ、一体どんなヤツが採用されるんだ？」

「どの方も変じ……いえ、非常に個性に富んでいらっしゃるので、ひとくちにこうだと説明するのは難しいですねえ。死後、地獄で肉体を再形成できる、高い霊力を備えている点は皆さま共通しておりますが」

いま変人って言いかけなかったか？　ポジティブな表現に塗り変えられた部分に不吉な予感を覚えながら、疾風は尋ねる。

「俺でも知っているような、歴史的な有名人がいたりする？」

「そうですね、小野篁《おののたかむら》殿はご存じですか？　現世でいう平安時代前期の方で、和歌や詩《しい》歌《か》に大変秀でていらっしゃる。多少事実と異なる形とはいえ、地獄で務めを持ったことがあちらで伝承にもなっております」

「……悪い。知らない」

下から数えた方がダントツに早かった成績表を思い出しながら、疾風は後悔する。自ら地雷を踏みに行くのはやめよう。

「しかしながら、かつてはたびたびあった登用もここ百年絶えて久しい」

少し寂しげな鹿鳴の言葉に驚き、疾風は眉を上げる。

「なんでだ？」

「現世の変化に伴い、地獄で生き直せるほどの霊力を持つ人間はほとんど現れなくなりました。これは人の心から地獄という存在が失われつつある証《あかし》。物悲しいことです」

疾風はぎくりと身を強張らす。自分もまた、そんな人間のひとりといえる。

「ですが、我々は常に現世や人間に対し並々ならぬ情と興を抱いております。特定の分野に執心し、積極的に学び取ろうとする者も少なくない。だからこそ、様々な知識や情報が地獄に知れ渡っているのです」

「ふうん、なるほど」

疾風はひとつ賢くなった思いでうなずく。キャラ弁が地獄にある理由もよくわかった。

「つい話が長くなってしまいました。さ、食べましょう」

「そうだな。あ、鹿鳴も弁当派か」

「ええ。閻魔殿に食堂もありますが、恥ずかしながら私は好き嫌いが激しいもので。それで持参しているのです」

テレテレと頭を掻《か》きながら、鹿鳴は膝の上に載せた朱塗りの弁当箱を開く。見るともなしに見えた中身は——なんというか一面焼け野原のように黒かった。

「……鹿鳴。それって」

「赤面の至りです。野菜や穀物がどうしても苦手で。黒縄イモリの丸焼きと鉄イナゴの佃煮《つくだに》だけの弁当など、子鬼のようでございましょう？　どうか見ないでやってください」

二重の意味で疾風は鹿鳴の弁当から視線を逸らす。

もし、あれが地獄の子鬼が好むおかずのトップツーだとしたら、断固避けてくれるよう黒星に頼む必要がある。

「疾風殿の弁当は鮮やかですね。いま流行《はや》りの現世風きゃらべんとやらですか？」

「え。ああ、まあな……俺が作ったんじゃないけど」

灯かり玉にぎり飯の一角を崩し、口に運びながら、疾風は曖昧に笑う。

「では、黒星殿のお手製で？　ははあ。相変わらず器用でいらっしゃる」

「やっぱり、アイツってそういう認識なんだな」

「黒星殿は何事にもソツがない方ですからね。なんといっても、あの白蠟様が信頼を置かれるほどです。疾風殿が人間としてお過ごしの間、門神の務めの代わりとして、たびたび召し出されておいでした。直々の命で動かれていたので、どういったお役目を果たされていたかは存じませんが」

「なんか後ろ暗いコトをやらされてなきゃいいけど……」

疾風はいささか本気で心配しながら鬼の卵焼きを口に入れる。

甘じょっぱい味は真ん中ストライク。もちろん、黒星に教えた覚えはない。とすると、昔の自分もこの味が好きだったということだろうか。

見ず知らずの昔の自分。はじめは気味が悪く、嫌悪感しかなかったが、いまは少し興味がわいてきている。ちゃんと向き合えばこれから地獄で生きていく助けになるはず。

「鹿鳴は、昔の俺のことを知っているのか？」

「ええ。存じておりますよ」

「そっか。って、鹿鳴はいくつなんだ？」

昔の自分が死んだのは十六年前らしいが、目の前の鬼はせいぜい十歳を超したくらいにしか見えない。

「私ですか？　齢《よわい》一九二歳の若輩者ですよ」

「一九二歳……」

敬語、使った方がいいかも……言外で疾風は少し悩んだ。

「はじめて疾風殿にお会いしたときのことはよく覚えております。あれは従僕として閻魔殿に初登庁した春の日のことでした。なにやら騒がしい声がすると見ましたら、白蠟様に首根っこをつかまれ、引きずられていく疾風殿の姿が。必死に放免を願いながら追う黒星殿と合わせ、それはもう印象的な光景でしたね」

「……それ、いますぐ忘れてくれよ」

「その後もたびたび閻魔殿でお見受けしましたが、いつでも黒星殿の背中に隠れていらっしゃるのがなにやらほほえましく。従僕侍女の間では、子亀殿《こがめどの》というあだ名で親しまれておりました。先日、変わらぬ姿を目にした時は懐かしく、つい涙が」

疾風は薄ら笑いで茶を飲む。

胸の中は聞くんじゃなかったという後悔でいっぱいだ。

「十二門神の中でも、疾風殿ほどお元気で、白蠟様に叱られる方はおられませんでした」

元気で一番叱られる。清々《すがすが》しいほどの馬鹿キャラ。疾風は黙々と弁当を口に運ぶ。どれもこれも美味いのがいまは切ない。

「そういえば、他の門神の方々とはもうお会いになったのですか？」

「会うってほどじゃないけど、露華《ろか》と翠葉《すいよう》っていうヤツらなら顔を合わせたことがある」

「ほうほう、戌頭《いず》と卯頭《うず》のおふたりと。大層仲睦《なかむつ》まじい方々でしたでしょう？」

「うん。ちょっと引くほど仲良しだった」

「戌頭卯頭の蜜月《みつげつ》ぶりは有名ですから。露華殿は大変魅力的な方なので、羨《うらや》ましいと指をくわえている男衆は多いんですよ」

「だろうな。綺麗だったし」

あと胸もデカかった。口には出さず、疾風もひそかに羨ましがった。

「ええ、本当に露華殿はお美しく素敵な方です。それだけに……あの片割れが残念でならないと嘆く者も多い」

「……？　翠葉は夫でも恋人でもないいんだろ？」

「翠葉殿の独占欲は常軌を逸しているといいますか。恋仲でなくとも、露華殿に他の輩が近寄るのは我慢がならないようで。冠する干支の兎《うさぎ》のごとく、無害穏便を形にした方に見えますが、腹の中は白蠟様顔負けの加虐上等主義者。巷《ちまた》では外見詐欺過ぎる殺戮鬼《さつりくき》という通り名で呼ばれております」

W
H
I
T
E

H
E
A
R
T

W.H.
white heart
講談社X文庫

W.H. ホワイトハート 2018 9
新刊案内
メーデーに
消えた少女と
謎を秘めた木箱。
シリーズ最新刊!!
オカルトロマン
願い事の木
~Wish Tree~
欧州妖異譚19
初版
限定特典!!
書き下ろし
SSつき
篠原美季
イラスト/かわい千草
定価:本体660円(税別)
チェルシーで開催されるフラワーショーに出かけたユウリとシモン。「願い事の木」を囲むサンザシの茂みで、ユウリは行方不明になった少女メイをみかけるのだが。

転生してみたら、
なぜか地獄の番人でした！
吉田 周
イラスト／睦月ムンク
定価：本体720円（税別）
事故死した中学生の疾風が、再び目覚めた場所は地獄。しかも角つきイケメンの黒星から再会を喜ぶ猛烈ハグを受ける羽目に。どうやらこの男、疾風の片割れらしく……？

どの作品から読んでも
楽しめる!
1冊読みきりタイプ
BL
恋する救命救急医
キングの憂鬱
ドクターヘリで舞い降りる
ラブストーリー!
春原いずみ
イラスト/緒田涼歌
定価:本体690円(税別)
フライトナースの筧は、学生時代偶然ドクターヘリに乗り込む医師・神城を見て憧れ、その後を追ってきた。共に中央病院に異動したが、新たな神城の一面を知り——。
初版限定特典!!
書き下ろしSSつき

も　再会、のち地獄

中身をチラ見せ！　スペシャル試し読み

戸惑い、慌てふためく疾風をよそに、男はうれしくてうれしくて仕方がないといった様子で首筋に顔をすり寄せてくる。

「いまの瞬間をどれほど待ちわびたかっ。この牛頭の黒星、寸分とておまえの匂いと体温を忘れたことはないぞ。ようやく念願叶い、存分に味わうことができる……幸せだ」

すううと深い呼吸音とともに、とんでもない台詞を耳元でささやかれ、疾風の肌という肌がぞわわっと粟立つ。ヤバイ。何がどうであれ、コイツが本物の変態なのは確か。

「おい、はなせ！　はなせったら！　じゃないと、警察呼ぶぞ！」

「それにしても」

男——当人いわく黒星はつぶやくと、疾風を抱えたまま、ひょいと身を起こす。

全力全開の抵抗も無意味。驚きの声を上げる間もないまま、疾風は黒星の膝の上に抱え込まれていた。

「殻を再生したからには赤子の姿で甦るはず。何故に、中途半端に年を喰っているのか」

「〜っ、知るか！　何から何まで意味わかんねーし！　つうか、触んな！　はなせ！」

渾身の怒声も右から左。黒星は疾風の頬に両手を添えると、まじまじ、頭のてっぺんからつま先まで、全身をくまなく見回す。

疾風はぶるぶると身を震わす。

恐怖以上に、変態に好き勝手される屈辱が耐え難い。すぐにでも顔面に拳を叩き込んでやりたかったが、死にもの狂いで耐える。ここまでの攻防で力比べでは分が悪いことは明らか。下手に反撃するのは却って危険。

乱れまくりの平常心を必死に整えつつ、疾風もまた相手を眺める。

牛頭の黒星。考えるまでもなく偽名だろう。恥ずかしげもなくふざけた名乗りを上げる変態を褒めるのは癪に障るが、やはり顔は凛々しくカッコイイ。そのうえ背が高く、体つきも鋭い刃のように引き締まっている。まさに全方位死角なしの男前。ただし、何もしないで黙っていれば、だが。

地獄ファンタジー

沙汰も嵐

しかも、風体もまた、発言および行動よろしく相当変わっている。

身につけているものは和服……いや、昔の中国の服だろうか。膝丈の、前で合わせる形をした黒の上着と、灰色に炎の模様が入った幅の広い革帯。下はズボンとは呼ばないかもしれないが、似たようなものを穿いていて、変わったデザインのブーツに裾を突っ込んでいる。まるで漫画やゲームのキャラクターのような恰好だ。

宝石みたいな目はカラーコンタクトか、もしくは外国人で片づけられるとしても、毛先が陽炎のように揺らめく短い黒髪はどういう仕組みなのか。時折、キラキラと火の粉が舞っては空に消えていく。

そして、とどめは額の両端から突き出た二本の角。映画などで目にする特殊メイクだろうか。あくまで想像だが、黒星の不可解な言動は遊びの一環で、こっちを同じ参加者だと勘違いしたゆえの暴走なのかもしれない。

一身上の都合でこの手の趣味に強い苦手意識を持っているが、だからといって頭ごなしに非難するつもりはない。誤解に気づき、詫びてくれるならそれでいい。

よしとうなずき、疾風は黒星を見上げる。

「なあ、アンタ」

「本当に、どうしてこの大きさなのか」

「そうじゃなくて、俺の話を――」

「偶然か？　それとも玄武星君の采配か？」

「げん……？　またそんなトンチキな単語を。あのな、違うんだ。俺は部外者で――」

「駄目だ。さっぱりわからん」

「それはこっちの台詞だ！　ちょっとは俺の話を聞けよ！」

疾風は全力で怒鳴ったが虚しいまでに手応えはない。

黒星はにこにこと笑いながら、愛おしげに頭をなでてくる。

「まあいい。なんにせよ、おまえが俺のもとに戻ってきたのだ。年かさの違いなど些事に過ぎん。随分と懐かしく、かわいらしい姿になったものだな」

その一言に、疾風のこめかみあたりでぶちりと我慢の糸が切れた。

続きは本編で♥

「怖っ。ヤバイだろ、その通り名！」

「白蠟様は自然体なんです。ある意味、純生過ぎて恐ろしいともいえますが、相手を痛めつける行為を特に楽しいとは思っていらっしゃらない。でも、翠葉殿は違う。あの方は相手の怯える顔がなによりの好物なのです。黒星殿がついておられれば滅多なことはないでしょうが、念のためにお伝えしておきます。くれぐれも露華殿と接するときはご注意召されませ。うっかり触れでもすれば、命の保証はございません」

「注意勧告の前に取り締まれよ！　その危険過ぎるホームセキュリティを！」

必死の思いで、疾風は叫ぶ。

どうして地獄は極端なヤツが多いのか。普通に生きているだけで、死を招く危険に遭遇する確率が高過ぎる。

食事中はもっと和やかに過ごしたい。そんな願いから疾風は話題を変える。

「そういえば、黒星が手伝いに行っている衆合地獄ってどんなところだ？」

「衆合地獄は主に邪淫《じゃいん》の罪を犯した者が落とされる地獄です。責め苦は様々ですが、現世で有名なのは刀葉林でしょうか。刃の葉をびっしりと茂らせた木の上に座る美女に心奪われ登ってみると、不思議に美女は下にいる。急ぎ降りれば、美女は再び木の上……これを繰り返すことで、色欲に憑《つ》かれた亡者の体はズタズタに切り裂かれます」

「えげつない地獄だな……」

「罪状が罪状だけに、どうしても男の亡者が多いですね。逆に、刀葉林などの責め苦の事情から獄卒は女が多い。地獄きっての美鬼女ぞろいというオマケつきで」

「男の獄卒には極楽じゃねえか、それっ」

憤懣やるかたなく、疾風は箸をにぎり大声を上げる。

片や地獄最恐鬼神のしごき、片や美鬼女ぞろいの花園勤務。魂を分かち合っているとは思えぬほど落差がひどい。

「話だけならそう聞こえるかもしれませんが、衆合地獄の獄卒が務まる鬼女は、それだけ性根の据わり方も半端なく強い。まかり間違って現《うつつ》を抜かそうものなら、鬼とて尻《しり》の毛まで毟《むし》られかねません。男の獄卒にとってはある意味、地獄で最も強靫《きょうじん》な精神力を求められる過酷な職場かと」

「凄腕《すごうで》キャバ嬢が集結したバーの客引きみたいなモンか。黒星の女あしらいの腕なんて知らないけど、そんなとこに行って大丈夫なのかよ」

「その点なら心配御無用です。黒星殿ほど衆合地獄向きの方はおられません。仕事ができて気遣い上手、おまけに漢気《おとこぎ》まである黒星殿は男女問わず獄卒たちの憧《あこが》れの的。中でも衆合地獄に勤める、手練《てだ》れ鬼女たちからの支持が飛び抜けて高い。あちらが本気で入れ込むので、黒星殿が毟られる恐れはありません」

「どんなタラシだ！　自慢じゃねーけど、俺は異性から総スカン喰らったり闇《やみ》で写真売られたり、同性からキモイ妄想文を送りつけられはしても、まともに好かれたことなんて一度もねえっ。同じ魂なのに、なんでそこまで差があるっ」

「お、落ち着いてください。いまの話は、疾風殿が黒星殿に劣るという類《たぐ》いのものでは決してありません」

「こんだけ差を見せつけられて、他にどう思えって？」

「考えてもみてください。それほど多方面から想いを寄せられている黒星殿が、他には一切目もくれず、ひたすら片割れに執心されているんですよ？　艶福《えんぷく》の頂点は疾風殿だということです。周囲から羨ましがられている点については、翠葉殿を上回るほどの勢いなんですから。羨ましがっている者がその、男が多いか女が多いかはさて置き……」

「その事実は悲しみを上乗せするだけで、いっこうに俺を救わねえっ。畜生、モテそうじゃなくて、実際にモテてんじゃねーか。もったいないとか思ってやるんじゃなかった。ムカつくイラつく腹立つ。せめてハゲろ！」

最後の楽しみに取っておいたエビ天金棒を箸でぶっ刺し、疾風は膝の上に突っ伏す。

「ハゲは残念ながらあり得ませんね。門神の髪は地獄火の具現。抜くはおろか、切るさえ不可能です」

「はっ？　つまり、俺はずっとこの長さでいなきゃなんねえってことか？」

がばりと顔を上げ、疾風は馬の尾のように垂れ下がる銀の髪をつかむ。

大多数の一般男子よろしく、疾風もまた、くくれるほど髪を伸ばしたことなどない。

今朝はとりあえず同じ形にしようと試みたが、ツルツルと滑る髪は予想以上につかみにくく、散々悪戦苦闘したがどうにもならなかった。結局、断腸の思いで黒星に頼んでくくってもらった。

極上の絹糸のような触り心地だとか、鬼女にも天女にも、これほど美しい髪を持つ者はいないとか、虫歯になりそうな甘言をのたまわれる屈辱に耐えながら、疾風は戻ったら即床屋を探すと固く誓った。七日後には、しごきと一緒にこの面倒な髪からも解放されると信じていたのに。あんまりの仕打ちだ。

「嘘だろ……なんで選《よ》りにも選って俺はこの長さなんだよ。黒星は短いじゃねえか」

再び膝に沈み込んでしまった疾風に、鹿鳴はオロオロと声をかける。

「すみません。心を乱す話ばかりを持ち出したようで……ええっと、そうそう。衆合地獄といえば、生き字引と呼ばれる長寿の老女獄卒がおりまして。現役を退いてからは饅頭《まんじゅう》屋《や》を営んでおります。亡者に注《つ》ぎ込《こ》む熱銅を鋳る炎で蒸すことから、鉢頭摩《はずま》饅頭と呼ばれるように。皮はふくふくほんわか、餡子《あんこ》はしっとりと大層味が良く、地獄各処から鬼が詰めかけるほどで。機会があればぜひ一度食べてみてください」

「……黒星って、明日も衆合地獄に行くのか？」

やや荒《すさ》んだ顔をむくりと上げ、疾風は尋ねる。

「さて、どうでしょう。各処の具合によって、ご命じは変わると思いますが……」

「行き先がどこだろうと関係ない！　明日、饅頭を買ってこさせる！　モテモテのうえ髪も短くて便利の代償にパシリくらいやれってんだ馬鹿牛っ」

子供の駄々よりみっともない愚痴をこぼしながら、疾風はエビ天を口にほうり込む。

嫉妬《しっと》と一緒に嚙みしめたエビ天はちょっとほろ苦い味がした。


「疾風！　遅くなった！　いま戻ったぞ！」

蝶番《ちょうつがい》が飛んでいきそうな勢いで扉を開け放ち、黒星が部屋に入ってくる。

寝台に背を預け、床に座り込んでいた疾風はうんざりと顔を上げる。

いまは書きつけを読み返していたところ。一日中《いちにちじゅう》机に向かい続けてヘトヘトだが、予習復習をサボれば容赦なく穿《うが》つと告げられている。冷徹鬼神の辞書に解放の文字はない。

「すまない。もっと早く戻るつもりだったのだが、大叫喚地獄で諍《いさか》いが起こり、仲裁に駆り出されていた」

話しながらも黒星はそばに寄ってきて、素早く疾風を腕の中に捕らえ込む。

「ひとりで大丈夫だったか？　修学の具合は？　辛くなかったか？　白蠟様に叱られて仕置きを受けたりしていないか？　心配で心配で、居ても立ってもいられなかったぞ」

問を受け流す。

「とりあえず、生きている。それで納得しろ」

重くて暑くてきつくて苦しい圧迫感に包まれながら、疾風は諦めの境地で矢継ぎ早の質問を受け流す。

疲労のせいもあるだろうが、顔を合わすなり抱き締められることに対する抵抗感が早くも薄れてきている。これはまずいと危機本能が警鐘を鳴らすが、あいにく脳も体もグダグダで、どうにかしようとする気力がわいてこない。

肩を落とした拍子、ほんわりと華やいだ香りが疾風の鼻をくすぐった。

「……おまえ、仕置処帰りってわりには良い匂いがするな」

「そうか？　多分、女獄卒たちが衣に焚《た》き染めている香が移ったんだろう。血臭を嫌って強く焚くものだから」

「へえー……楽しそうでなによりだな」

嫌味をたっぷり込めた言葉と一緒に、疾風は黒星を押し戻す。

「どうした？　何を拗《す》ねている？」

「誰が拗ねるか！　おまえがいくらモテようと、女をメッロメロにしてようと俺には関係ねえし！　つうか、今日は鼻が高かったでーす。俺の片割れとは思えないほど仕事ができる武勇伝とかモテモテ伝説とか聞いて、マジですげえって思いましたー」

「……すまん。いまひとつ話が飲み込めないのだが」

「いいんだよ！　わかんなくても！　とにかく、俺は勉強で忙しい。ここにいたけりゃ好きにすればいいけど、構ってやるヒマはねえからな」

疾風は乱暴に座り直すと、再び書きつけに目を落とす。

だが、いくらも読み進めないうちに八つ当たりが過ぎたと後悔が襲ってくる。

謝ろうかとも思ったが、今日一日舐《な》め尽《つ》くしたコンプレックスの辛酸は根深く、どうしてもその気になれない。

不意に、黒星が横に腰を下ろしてくる。思わず肩が跳ねそうになったが、疾風は躍起になって書きつけに視線を留め続けた。

「では、お言葉に甘えてここにいよう。修学の邪魔はしたくないが、これ以上離れているのは耐え難い」

「……いいから休めよ。疲れてんだろ」

「疾風を眺めることが、俺にとって一番の癒《い》やしになる。できれば笑っている顔が望ましいが、拗ねているのも味があって良い」

「だから、拗ねてなんてっ……あー、もういい。おまえのせいで集中力が切れた」

黒星に責任を押しつけ、疾風は立ち上がる。

書きつけを寝台にほうり投げ、反対の壁際に置かれたテーブルに歩いていく。

閻魔庁の一角にある、こぢんまりとしたこの部屋は、忙しい時に獄卒が泊まり込むためのものと聞いた。テーブルと椅子、寝床といった家具は整っている。外には共有の炊事場もあって、ある程度の調理器具や調味料などが備えてあるらしい。

少し前、いまから退庁するという鹿鳴が湯の入った銅筒と茶筒を持ってきてくれた。銅筒は魔法瓶のような仕組みになっていて、二刻ほど湯の温度を保てるということだった。

「休憩ついでに茶を淹れてやるよ。弁当の礼」

「それなら、俺が——」

同じく立ち上がり、テーブルに近寄ってきた黒星が手を出してくる。

「いくら俺が叱られ馬鹿キャラでも、茶くらい淹れられるっ。いいから、座っていろ」

疾風は手にした茶筒を抱え込み、ムキになって言い返す。

どうもまた意味がわからなかったらしい。黒星は尋ねたそうな顔をしたが、触れずが賢明と判断したのか黙ったまま手近な椅子を引き、腰を下ろそうとする。

「ああ、そうだ」

黒星は思い出したように声を上げるや、結び目を解き、背負っていた段袋を下ろすと、中から鶯《うぐいす》色《いろ》の紙包みを取りだす。

疾風は茶筒を手にしたまま、テーブルに置かれた紙包みを見る。

「……なんだよ?」

「土産だ。鉢頭摩饅頭という衆合地獄の名物でな。覚えておらんだろうが、おまえはこれが好きだった。食ってみろ、きっと気に入るはずだ」

　疾風は口を開いたものの声は出せないまま、黒星と紙包みを見比べる。

「おま、なんでっ……選りにも選って、今日その日に買ってくるんだよっ」

「……？　今日だとまずかったか？」

「そうじゃねえけどっ……あー、ちくしょう！　この天然モテ男！」

「先程からおまえの言葉は奇怪極まりないが……とりあえず、喜んでくれていると思っていいのか？」

「喜びどころか、感激に震えるレベルだよ。そりゃもう大泣きするくらいに」

　突如、黒星が身を乗り出し、疾風の肩をつかむ。衝撃で茶筒が飛び、床に転げ落ちた。

「おまえっ……筒が落ち──」

「大泣きとは、どういうことだ？　そんな気持ちになったというのか？　俺が買ってきた饅頭のせいでっ」

　いきなりなうえただならぬ剣幕に気圧《けお》され、疾風は啞然《あぜん》と黒星を見上げる。確実に饅頭ではなくこの状況と空気に泣きたい。

「ちょ……落ち着け。何を言って──」

「まさか、饅頭でそんな気持ちになるとは。わかった、すぐ捨てる。だから泣くなっ」

「待て！　待て待て待てっ！　捨てなくていい！　つうか、捨てるな！」

やおら身を翻し、饅頭の包みをつかんだ黒星を疾風は必死で止める。

「止めるな！　おまえの心を傷つけるような代物を置いてはおけん」

「全然まったく、毛筋ほども傷ついてねえから！　むしろ、捨てられた方が傷つく！」

ふり上げられた黒星の腕に必死にしがみつき、疾風は声の限りで訴える。なんでそうなるんだよと激しく疑問に思いながら。

「ならば……、何に泣きそうになったという？」

「泣きそうってのは喩《たと》えっつーか、とにかく！　悲しいんじゃなくて、喜んでるって言いたかったんだよ」

「…………そうか。なら、良かった」

安心したのか、黒星は饅頭をつかんだ腕を下ろす。

どうにか誤解が解けたことにほっとして、疾風も手をはなす。ついでに、万が一に備えて饅頭の包みをもぎ取り、テーブルの上に戻しておいた。

「誓いを破ることになるかと思い、肝を冷やした」

本気で心配していたのか、黒星はなだれ込むように椅子に腰を下ろす。

「なあ、ホントに大丈夫か？」

黒星は顔を上げると、手を伸ばし、歩み寄ってきた疾風の右手を取る。そして、そのまま引き寄せ、自分の胸にあてがった。

「かつて、俺の心は空虚だった。ここには門神の使命しかなく、目に映るすべてが灰色だった」

疾風は黙って聞くことを余儀なくされる。

切実な響きを帯びた声にも、かすかに乱れた鼓動にも黒星の張りつめた想いが滾々《こんこん》とあふれ出ていた。

「だが、疾風が俺に色を与えてくれた。空を映す青の瞳を見た時の、魂まで響く心の震えは決して忘れない。ずっと、おまえだけが俺の心を動かすことができた。唯一無二の片割れがそばにいてはじめて、俺は己の心を感じられる」

「……何のことだかわからなくても、おまえが疾風を途方もなく大切に想っているのはわかる。でも、それは俺じゃない。魂や殻の恰好が同じでも違うんだよ」

躊躇《ためら》いながらも、疾風は話し続ける。

こんなことを黒星に告げるのは残酷だと思ったが、このまま一生黙っていられるとは思えない。

「この際だから、はっきり言っておく。俺は、おまえがここに残している昔の疾風にはなれないし、なる気もない。嫌なんだよ、なにもかも一緒くたにされるのは」

「…………俺の口から、疾風が忘れてしまった疾風を語り聞かされるのは辛いか？」

怯えがにじむ顔を上げ、黒星が尋ねてくる。

断崖《だんがい》の縁に立たされたかのような悲痛な声に疾風の胸まで痛くなる。改めて、昔の疾風の存在の大きさを見せつけられた気がした。

「辛いとか、そういうんじゃない。ただ、俺は俺で、昔とは違うってことをわかって欲しいだけだ」

黒星はじっと疾風を見つめていたが、やがて切なげに視線を落とす。

「……そうだな。馬頭であろうと人であろうと、疾風が疾風として積み上げてきた歳月を無下にしていい道理はない。それらを経て、ここにいるおまえが分け隔てを望むのであれば、俺に否はない。万事准じて振る舞おう」

「そう深刻になられても困るけど……、ちゃんと今と昔を分けてくれるなら、話をしてもいいぞ。むしろ、俺自身が昔の俺について知っていきたいって思っているし」

「本当かっ？　もっと知りたいと、そう願ってくれるのか？」

がばりと勢い込む黒星に気圧されながら、疾風は頑《がん》として言い張る。

「だ、だからって、勘違いするなよ？　一緒に懐かしみたいとかじゃなくて、今の俺が地獄でやっていくことに必要だから、あくまでそのためだっ」

「どうであろうと、今の疾風が昔の疾風を受け容《うい》れてくれるのであれば十分だ」

黒星は真《ま》っ直《す》ぐに疾風を見つめながら、いっそう手を強くにぎり締める。

「頼む。どうか、昔の疾風を拒まないでくれ。今の疾風がそばにいてくれようと、俺は昔の疾風を失うことが耐えられない。等しく大切なのだ。命に代えても守りたいほどに」

疾風は苦い薬を突っ込まれたかのように顔をしかめる。

黒星の懇願が気に喰わなかったからではない。それどころか、そこまで言うなら応えてやりたいと感じたくらいだ。

ただ、そう思えば思うほど胸の底がチリチリと熱くなる。これまで感じたことのない正体不明な熱はモヤモヤと不快な感触に満ちていて、心を暗く澱《よど》ませる。

「……なんだよ、コレ」

「なんだ？　いま、なんと言った？」

「別に。なんでもねえ」

疾風は黒星の手をふりほどくと、自由になった腕を組み、仁王立ちで見下ろす。

「ちゃんと区別するって約束するなら、俺は気にしない。好きにしろ」

「ありがたい。感謝するぞ、疾風。昔も今も、おまえの寛容な心は常に俺を救う。その尊い想いに応えるため、改めて我が魂に懸けて誓おう。決して、今の疾風を傷つけるような真似はせぬと」

「だから、重いっ。もっとこう、サラッと受け流せっ！」

疾風はあえて乱暴に言い放つ。

照れ臭さもあったが、それ以上に謎《なぞ》の不快感とか、先に対する不安とか、そういった諸々《もろもろ》全部をふりはらいたかった。

「話はこれでしまいにして、饅頭食おうぜ。なんか腹減った」

疾風は床に転がっていた茶筒を取り上げ、蓋を開ける。

「中身まで飛び散らなくて助かった。今後はいきなり肩や腕をつかんだりするなよ。もちろん、抱きつくのも禁止だ。おまえ、いつも唐突なんだよ」

「わかった、以後は気をつけよう。ところで、夕餉《ゆうげ》はちゃんと食べたのか？」

「遅くなるから閻魔庁の食堂で済ませておけって、消える伝書鳩《でんしょばと》みたいなヤツを飛ばしてきたのはおまえだろ。食べたよ。白蠟様がおごってくれた」

疾風は急須《きゅうす》に茶葉を入れ、銅筒を手に取りながら答える。

「本当か？　明日にでも礼を申し上げねば。それで？　閻魔庁の飯はどうであった？」

「……向かい合って食べるハメに陥ったから、味がよくわかんなかった。そこそこ美味かったような気もするけど」

そのときの、臓腑の隅々まで沁み渡る居心地の悪さを思い出しながら、疾風は茶杯に茶を注ぐ。

気のせいかもしれないが、食事時でわりと混《こ》んでいたにもかかわらず、自分たちのまわりだけ妙に空いているように見えた。

「そこそことは随分だな。閻魔庁の食堂は十王庁《じゅうおうちょう》で最も味が良いと評判なのだぞ」

「自分のせいだろうが。おまえの作る飯の方がその、美味いから……」

「俺の飯がそんなに気に入ったか？　なら、明日は必ず夕餉までに戻り、支度をしよう。弁当も用意する。楽しみにしていてくれ」

「それはありがたいけど、キャラ弁はもういいからな。あと、イモリとかイナゴのおかずも絶対になしだ。とにかく、普通。普通にしてくれ」

「無論、疾風の好みに合わせるが、きゃらべんは気に入らなかったか？」

「……今後、俺が持つ現世の知識のすべてを懸けて、おまえに正しいキャラ弁の在り方を叩き込んでやるから。それまでは封印しろ。頼む」

「疾風が教えてくれるのか。それは楽しみだ」

　差し出された茶杯を受け取りながら、黒星はうれしそうに笑う。

「よし、じゃあ食おうぜ。うっわ。想像以上に美味そうだな。小学校の遠足で食べた温泉饅頭を思い出す」

　紙包みを開け、疾風は歓声を上げる。

　濃い茶色の皮の饅頭はまだふくふくとした膨らみを保ったまま並んでいた。

「いただきます」

　疾風は饅頭をひとつ手に取り、かじる。

　途端、表情が一変。ぱあっと音が聞こえてきそうなほど明るい笑顔になった。

「うっま。すげえなコレ。俺の中の饅頭の概念を覆すくらい美味い」

「そうか、良かった。どんどん食え」

「いや、俺を見てないでおまえも食えよ。美味いから」

「俺はいい。疾風を見ている方が満たされる。甦ってからはじめて、心からの笑顔を見ることができた。饅頭にも真剣に向き合う。そういうところは同じだな」

「な、なんだよ、その言い草っ。俺がおかしいヤツみたいじゃねーか」

「何を言う。褒めているのだぞ。あと……饅頭が羨ましい。いつか、俺にもそんな風に笑いかけて欲しいものだ」

口元にいたずらっぽい笑みを浮かべているが、黒星の目はどこか寂しげ。

疾風はごふりと咽喉《のど》を鳴らす。動揺のあまり変な飲み込み方になってしまった。

まずい。またも絆《ほだ》されかけていると危ぶみながらも、ちょっとくらいなら譲歩してやってもいいかなと思ってしまう。雨の中できゅんきゅん鳴く仔犬《こいぬ》に背を向けて立ち去るなんて無理。そんな心境だ。

揺らぐ心を落ち着かせるため、疾風は茶をすする。

「にしても、美味い。なあ、この饅頭、明日も――」

買ってきてくれよ、そう言いかけた疾風の声が止まる。

理由は他でもない。伸びてきた黒星の指が目元をなで、次いで髪を一房すくい、弄《もてあそ》びはじめたからだ。

「……何してんだ」

「疾風の髪や目を眺めていると、世の何よりも美しいと感極まる一方で、言い様のない不安に襲われたものだ。あの日の氷ヒタキのように、空の彼方に飛び去ってしまうのではないかと。悪《あ》しき予感は当たり、おまえは一度、俺の前から消えてしまった」

「けど、戻ってきただろ」

「そうだな。だが、まだ安心できない。ふとした弾みに、跡形もなく消えてしまうような気がしてならん。だから、目の前にあると触れずにはおれない」

「安心しろ。幻は饅頭を食ったりしない。わかったら、手をはなせ」

「昔のおまえは食い意地が張っていた。今も同じだとすれば、幻であろうと饅頭くらい平らげるやもしれん」

「このうえさらに食いしん坊キャラまで追加すんな！　いいからはなせ！」

「そうだ。今夜は一緒に寝よう。寝つくまで、門神にまつわる話をしてやる。おまえは知識を得られるし、俺はおまえの匂いと温度に包まれて安心できる。まさに一石二鳥。勝手にもぐり込むのでなければ構わんのだろう?」

「構うに決まってんだろ！　隣に黒星の分の部屋を用意したって鹿鳴が言っていたぞ。さっさと向こうに行け！」

疾風は怒鳴りながら、黒星の手から髪をひったくる。

「随分な言い様だ。昔の疾風など、小さな頃はたびたび、白蠟様の夢を見た、怖いから一緒に寝てくれと自分から俺の寝床に入ってきていたのだぞ？」

「知るかっ。今後一切、その手の昔話は禁止だ！　次に今の俺の恥になるような話を持ち出してきたら、容赦なく昔の俺を俺の中から抹消する！　あと、寝床にもぐり込んできたら問答無用で蹴《け》り出すからな！　絶対にひとりで寝ろ！」

明朝。

怒りの宣告も虚しく、疾風は今朝同様、寝台の中で片割れと素っ裸の地獄の王に挟まれていることを知り、目覚めと同時に絶叫する。

しかしながら、そんな自分の明日を、

疾風はまだ知らない。

第三話　おやすみ、また明日

公務員に喩《たと》えられるだけあって、獄卒の勤務体系はきちんと決まっている。

白蠟《びゃくろう》をはじめとする高官職は残業や休日出勤などザラのようだが、それ以外は問題が起きない限り定時に帰れるし、休みもきっちり取れるらしい。

閻魔殿《えんまでん》や仕置処《しおきしょ》が動いているのは辰《たつ》の正刻から酉《とり》の初刻、現世の八時から十七時。刻限になれば境界門は閉まるし、死出《しで》の山《やま》の出入りも止められる。そのため、死者の行き来は一切なくなってしまうのだが、だからといって見張りがいらないという訳ではない。

境界門はすべての要《かなめ》。いついかなる時も守りを疎《おろそ》かにすることは許されない。

そのため、門神《もんしん》はいわゆる三交替シフト勤務となる。

疾風《しっぷう》が馬頭として地獄暮らしをはじめてから、そろそろ四ヵ月。

上に超が五つほどつく見習いとはいえ、疾風は晴れて門神として門の守りに立つことが許された。はじめて間もないこともあって、いまのところはおおむね順調。大きな問題もなく日々平穏無事に過ぎていっている。

ただひとつ、ある悩みを除いて――だが。

境界門の開門はすべてに先駆けて辰の初刻、朝の七時となっている。

報《しら》せの鐘が鳴ってからしばらくすると、ぽつぽつと死者が境界門にやってきはじめる。黒星《こくせい》が話していたとおり、死者たちはぼんやりとしていることが多い。ふわふわと覚束《おぼつか》ない表情と足取りで門神に導かれるまま足を進めていく。

本人らしい恰好《かっこう》で故人をあの世に送る。最近ではそれが主流になっていて、死に装束より日常着でやってくる者の方が多い。そのため、楼門の中はあの世の入り口というより繁華街のように見える。

余談だが、三途《さんず》の河原で奪衣婆《だつえば》が死者の服を剝《は》ぎ、懸衣翁《けんえおう》が衣領樹《えりょうじゅ》にかけて罪の重さをはかる習わしはすでに廃止されている。現在は最初の審判場である秦広庁《しんこうちょう》で白装束に着替え、あとで重さをはかる仕組みになっている。昔と違い、剝ぎにくいにもほどがある。やっていられない、という現場の悲鳴に対処した結果だそうだ。

「あ、アイツ」

粛々と歩いてくる人々の中に、ちりちりと黒い気配が燻《くすぶ》るのを見つけ、疾風はきゅっと目を細める。

イライラしている死者は一定数いる。今日もまた、派手なシャツを着た金髪の若い男がものすごい形相で詰め寄ってきた。

「オイッ、てめえ！　ここはどこだよっ。俺ぁ、急いで――」

男はつかみかからんと、疾風に手を伸ばしてくる。疾風をつかむ前につかみ返され、そのまま手近な柱に押しつけられたから。

だが、その指先は虚《むな》しく空を掻《か》く。疾風をつかむ前につかみ返され、そのまま手近な柱に押しつけられたから。

「な、なんっ……はなせ！　てめえ、こんな真似《まね》して、ただで済むとっ……」

「……それはこちらの台詞《せりふ》だな。貴様こそ、俺の片割れに手をかけようとして、無事に済むと思っているのか？」

黒星は口元に薄い笑いを浮かべながら、細めた双眸《そうぼう》で男を見据える。

ひとにらみ。それだけで男は芯《しん》からすくみ上がり、ガクガクと大きく震え出した。

「いいか、よく聞け」

黒星は男を張りつけにしたまま、耳元に顔を寄せ、何事かささやく。

内容は疾風の耳には届かなかったが、男がざあっと青ざめ、カクンと気を失ってしまったことから、おそらくとんでもない脅し文句であったことが察せられる。

突然の出来事に、静かだった周囲が騒がしくなる。黒星の凶悪オーラにやられたのか、疾風の近くにいたおじいちゃんまで気絶して倒れてしまった。

「黒星！　もういいから案内に戻れ！　関係ない死者たちまで怖がらせるなっ」

いくらすでに死んでいるからといって無下にはできない。疾風は泡を吹くおじいちゃんを介抱しながら、片割れに訴える。

「心配ない、もう済んだ。これでおまえに累が及ぶことはない。安心しろ」

ふり返った黒星は満面の笑み。ついさっきの暗黒恐喝者の面持ちはどこへやら。片割れお得意の二重鬼格ぶりに、疾風は顔を引きつらせる。

「違う！　俺の心配じゃなくて、まわりを——」

「このうえ暴れるようなら足をへし折れ。裁きの場には引《ひ》き摺《ず》り出《だ》せば済む」

男の引き取りに駆けつけてきた獄卒たちの方を向けば、黒星は再び豹変《ひょうへん》。また他がぶっ倒れかねないほどドス黒い目つきと声音で告げていた。

疾風の脳裏に、地獄の王様の「見下し系嬲《なぶ》りプレイが似合う」の一言がフラッシュバックする。泣きたい。

「大丈夫！　普通に進めば怖くない！　ほら、どんどん行って！　あ、じいちゃんも気がついたか？　立てる？　良かった。じゃあ、進んで。心配しなくても、あそこまで怖いヤツは閻魔王《えんまおう》のところまでいないから」

怯《おび》え戸惑う死者たちを励まし、意識を取り戻したおじいちゃんを誘導しながら、疾風はげんなりと息を吐く。

新米門神の心身に重くのしかかる悩み。それは、職務中に少しでも何かあろうものなら、光の速さで片割れが飛んでくること。

どう考えてもそこまでする必要はないのに、黒星は問題を起こした死者を容赦なくつるし上げ、その筋の人も裸足《はだし》で逃げ出す迫力で制裁をくわえる。

いくら言っても聞かない。勢いがすごくて止めるヒマもない。一分の隙《すき》もないほど守られているにもかかわらず、いつも誰か助けてくださいい状態なのはどうしてなのか。

いまもまた届かぬＳＯＳを叫びつつ、疾風は事態の収拾に駆け回った。

「……言っても無駄だと思うけど、ああいうのはもうやめてくれよ」

死者たちの行き来が途絶えたところで、疾風は隣に立つ黒星に力なく請う。

「何度も同じ問答を繰り返してきたが、改めて言おう。その願いは、神力を完璧《かんぺき》に使いこなせるようになるまで聞き入れられない。未熟うちは、俺の助力が不可欠だ」

「ならせめて、もう少し穏やかなやり方で助けてくれっ。あと、何かにつけて未熟って言うけど、槍《やり》だって出せるようになったんだ。ちょっとは認めてくれたっていいだろ！」

　これが目に入らぬかとばかり、疾風は手にした長槍を黒星に突きつける。柄の色は冴《さ》え冴《ざ》えとした青。疾風の魂から出てきたものだという動かぬ証拠だ。

　甦《よみがえ》り早々に受けるハメに陥った白蠟の地獄講習。その最中に、鬼神の恐怖支配と黒星の教え方の上手さもあって、疾風は門神が備えているという五つの神力を朧《おぼろ》げながらも目覚めさせていった。

　しかし、いよいよ明日が最終日という夜を迎えても、魂具《こんぐ》の第一歩である、長槍を出すことがどうしてもできずにいた。

　七日経《た》ってもできなければ、心身ともにギリギリまで追い詰めてひねり出させる。

　宣言どおり、白蠟は「安心なさい。やり過ぎるようなヘマはしませんから」とほほえみながら、殺し屋の目つきで一歩ずつ近寄ってきた。あのときの恐怖は魂が果てるまで決して忘れないと、疾風は思っている。

　偶然か奇跡か、今世最大の幸運か。白蠟の指が鼻先まで迫ったところで、疾風は長槍を出すことに成功した。火事場の馬鹿力《ばかぢから》。窮馬、鬼神を嚙《か》む――ほどでもないが、ひとまずグリッとひねられずに済んだ。

「魂具の力は、槍が出せればしまいというものではない」

「そう言うなら、教えてくれよ。黒星は門神としても獄卒としてもすっげえ優秀だって、白蠟様が言っていたぞ。ビシバシしごいて、俺を一丁前にすりゃいいじゃん」

「……急ぐ必要などない。おまえのことは俺が守るのだから」

疾風はぶすりと黙り込む。

エンドレスループ。二言目には俺が守るの一点張りで、黒星はこっちの言い分を聞き入れようとしない。

死に別れた過去を思えば、度を超した心配性になってしまうのはわかる。守ろうとしてくれる気持ちを蔑《ないがし》ろにするつもりもない。だが、疾風にだってプライドがある。いつまでも弱い未熟者扱いは嫌だ。

「……んだよ。俺が何のために」

疾風の胸の内で鬱屈《うっくつ》がぶすぶすと燻る。

どうして黒星は考えてくれないのか。片割れが少しでも早く及第点の門神になりたいと願う理由を。

はあと、疾風が不満混じりのため息を落とせば、反するかのようにカツカツと小気味のいい足音が楼門に響き渡る。

「黒星！　お疲れ様」

死者たちがやってくる正面ではなく、地獄に通じる方角から駆けてきた若い男が、疾風を軽やかにスルーし、黒星に抱きつく。

べったりと片割れにひっつく相手を見て、疾風は盛大に顔をしかめる。ぱっと華やかな臙脂《えんじ》の衣服を身に着けた男は門神のひとり、子頭《ねず》の月瑛《げつえい》だ。

「やっぱり、黒星は門前に立つ姿が一番素敵だね。もちろん、他もかっこいいけど」

疾風は口を曲げたまま、こめかみを揉《も》む。

この甘えたしゃべり方を聞き、良い匂いだがやたらと気取った感じのする香を嗅《か》ぐと、途端に角のつけ根あたりが疼《うず》き出す。

名が示すとおり、月瑛は水晶みたいに煌《きら》びやかな容姿をしている。二本の角に沿って流れる長めのショートカットの髪は象牙色《ぞうげいろ》で、ところどころ綺麗《きれい》な赤い艶《つや》を帯びているのが目を惹《ひ》く。つんと切れ上がった藤花《ふじはな》の双眸と、しゃなりと気位の高い仕草は冠する鼠《ねずみ》より猫にそっくりだ。

「でも、大丈夫？　少し疲れた顔をしている。大変だね。片割れが未熟だと」

そこでようやく、月瑛は疾風に目の端だけを寄越してくる。

疾風はぎゅうと奥歯を噛みしめながら、ひたすら前を向き続ける。嫌味も聞こえないフリを貫く。初対面から感じていたが、月瑛はこちらを嫌っている。受け流すのが最善ということはすでに学習済み。

「そんなことはない。疾風はよくやってくれている」

「ふうん、そう。相変わらず片割れに甘いね」

黒星に優しくいなされ、月瑛は面白くなさそうに嘯《うそぶ》く。

疾風もまた、ふたりのやり取りにイライラを募らせていた。

同じ門神だからか、それとも自分に懐いているためか。月瑛があからさまに疾風を目の敵にしても、黒星は寛容に対処する。別にさっきのように怒ってくれとは言わないが、選《よ》りにも選って依怙贔屓《えこひいき》がそいつかよという不満は感じる。

はっきり言って、疾風も月瑛が嫌いだ。初っ端《しょぱな》から向こうが敵意を剝《む》き出《だ》しにしてきたせいもあるが、根本的にソリが合わない。言うことやることのいちいちが癇《かん》に障る。

早くもうひとりが来ればいいのに。そんな疾風の祈りに応じるように、規則正しい足音がこちらに近づいてきた。

「月瑛、私語を慎め。ここは境界門。厳粛をもって臨むべき場所だ」

落ち着いたバリトンボイスの咎《とが》めに、月瑛は不愉快そうに唇を尖《とが》らす。

「うるさいのはそっちだろ。いちいち小言を挟まなきゃしゃべれないんだから。ホント耳障りったらない」

トゲのある皮肉にも眉《まゆ》ひとつ動かさない。静かに歩み寄ってきたのは、月瑛とは対照的に屈強な体軀《たいく》の男、未頭《ひず》の陣雷《じんらい》。

衣服は深みのある山吹。黒星を凌《しの》ぐほど上背があり、肩や胸の肉もがっしりと厚い。首元で束ねられた長い髪は鉛色。左右の側頭部から突き出た角は大きく立派な巻形で、因《ちな》むものではないといってもどこか羊のそれに似ている。

陣雷の姿を目にし、疾風は心のざらつきが少し治まるのを感じた。

月瑛と魂を分かち合っているとは思えないほど、疾風から見た陣雷は好漢だ。強面《こわもて》で近寄りがたい感じがするし、やや堅物過ぎるところもあるが、物静かで芯の通った性格は清々《すがすが》しい。鍛え抜かれた体躯と合わせて在り方はどこか武士っぽい。

門神は現世でいう成人を迎えた時に合わせて、体の成長が止まると聞いた。まだ会えていない者や、恥ずかしがり屋で顔を見せられない者もいるので全部とは言えないが、黒星を筆頭に誰もが二十代そこそこといった見た目をしている。陣雷もぱっと見たところは若いが、たたずまいは重厚で風格すら漂う。いぶし銀のような渋い魅力に同じ男として憧《あこが》れずにはいられない。つい兄貴と呼びたくなる。

「わかった。あとは頼む」

黒星はやんわりと月瑛を下がらせつつ、陣雷に笑顔を向ける。

片割れの様子を横目で窺《うかが》いながら、疾風はひそかに眉をひそめる。

こうして陣雷と向かい合うときは、黒星がいつもと違って見える。態度や表情が一見変わらないようでいて、その実、中身が妙にごわごわしているというかなんというか。ひょっとしたら、黒星は陣雷があまり好きではないのかもしれない。最近ではそんな風に感じはじめている。

「黒星、疾風。交替だ」

「ではな、月瑛」

立ち去ろうとした黒星を留《とど》めるべく、月瑛はしどけなく腕を絡ませる。

「待ってよ、黒星。三日後は休みでしょう？　その日、中元祭りの奉納舞の稽古《けいこ》があるんだ。でも、横笛の吹き手の都合がつかなくて。良ければ、代わりを務めてくれると助かるんだけどな。黒星が来れば、皆も稽古に熱が入るだろうし」

「いや、俺は——」

「また片割れの世話？　そうやって、いつも縛られる必要はないと思うけど」

ちらりと流されてきた嫌味な視線に我慢が切れ、疾風はやや昂《たか》ぶった声を上げる。

「俺のことなら気にしなくていい。皆が喜ぶなら手伝ってやれよ。おまえもちょうどいい息抜きになるだろうし」

「疾風。俺はおまえに縛られているとは思ってはいない。そんな気遣いは無用だ」

「気遣いじゃなくて、俺が離れて過ごしたいって言ってんだよ。俺が休みに白蠟様の宿題をやろうとすれば、おまえはすぐに手を出してくるだろ。次は自力でやれ。でなきゃ余さずこそげ取るって脅されてんだ。ほうっておいてくれた方が助かる」

「疾風……」

「俺だって門神の端くれだ。べたべた世話を焼いてもらわなくてもやっていける。わかったら、その日は笛を吹きに行け。居残るようなら蹴《け》り出すからな」

黒星の傷ついた顔に怯《ひる》みかけたが、疾風はぐっと踏ん張って続ける。

まんまと月瑛に乗せられた恰好だが、いまさらあとには退けない。そもそも、ついキツイ言い方になってしまったが、いま口にしたことは本音だ。

「片割れがこう言っていることだし、決まりだね」

嫣然《えんぜん》とほほえむ月瑛を差し置き、黒星は何かを言い募ろうとする。

これ以上この話を続けるつもりはない。終わりとばかり、疾風は背中を向ける。

「じゃあな。お疲れさん！」

槍から手をはなし、魂の中にしまい終えると、疾風はだすだすと歩き出す。一刻も早く立ち去りたかった。もう月瑛の声を聞きたくはないし、子供じみた癇癪《かんしゃく》を陣雷に見られたこともバツが悪い。

うつむき加減に疾風は陣雷の横を通り過ぎる。

すると、すれ違いざま、陣雷が淡々とした声で「すまない」と告げてきた。

疾風は驚き、そちらを仰ぐ。

見下ろしてくる藍色《あいいろ》の双眸は冬の海のように冷たく澄んでいたが、底に宿る光は温和で優しい。

なにやら慰められた心持ちになり、疾風は笑いかける。

それを受け、陣雷の無骨な口元がわずかばかりほころび、笑みめいたものを象《かたど》る。

息をするように毒を吐く月瑛は、たびたび片割れを風雅に欠ける朴念仁とか、無類の口不調法などと罵《ののし》るが、疾風の目にはまるで違って映る。

陣雷は言葉や表情にこそ多くを出さないが、ちゃんと心を配っている。少しの触れ合いでもこれほど伝わるのに、片割れである月瑛がどうして理解できないのか。そういうところも気に喰《く》わない一因だ。

陣雷が謝ることじゃない。そう伝えようとした疾風の言葉はしかし、腕を引く強い力に遮られてしまう。

「黒星っ。なんだよ、急に」

「月瑛。悪いが稽古には協力できない。疾風、帰るぞ」

黒星はふり返りもせず告げると、疾風を引きずるようにして歩き出す。

「待てよ。俺は陣雷に話があって」

「話なら他の機会にしろ。陣雷は門内の私語を嫌っている」

「一言くらい、構わねえだろ。あと、ぐいぐい引っ張るな！　転ぶっ」

「なら、抱きかかえてやろう。その方が早く立ち去れるしな」

「どういう思考回路だよっ。俺は手をはなせって言ってんだ！」

「却下だ。交替は迅速に行うべし。白蠟様に叩《たた》き込《こ》まれた規律を破るつもりか？」

「なんでもかんでも、白蠟様の名前を出せば済むと思うな。はなせ、このくそ馬鹿力！

横暴牛！　無自覚スケコマシの極悪門神！」

　思いつく限りの悪口で罵りながら、疾風は全力で抵抗する。通りがかった獄卒がぎょっとこちらを見てきたが、構ってなどいられない。

「エゴイストでがっちがちの石頭でこっちの話を聞かない超絶マイペース野郎っ。うすらとんかちのわからず屋の唐変木！　意地悪の間抜け！　アホ馬鹿っ。それから、えーと……クッソ！　はなせったら！」

　だんだん罵り方が幼稚になっていき、いよいよボキャブラリーが尽きても、黒星の手は外れるどころか緩みもしない。がっちりしっかり疾風を捕らえている。

「はなせ！　はーなーせっ！　いい加減にしないと、蹴るぞ！」

　言うが早いか、疾風は黒星の脛《すね》を蹴り飛ばす。

　そのときばかりはさすがに黒星も顔をしかめたが、それでも頑として手をはなさない。

　境界門を出るまで疾風の抵抗は続いたが、終《つい》ぞ自由を勝ち得ることはなかった。


「あー、めっくんだ」

「めっくん、髪の尻尾《しっぽ》がキラキラでかわいいー」

「友達とお手てつないで仲良しだね。お散歩中？」

「ヒヒーンって言って。ヒヒーンって」

路上で行き合った修学小屋帰りの子鬼たちが口々に明るい声をかけてくる。

暴れ疲れた疾風は、ただ弱々しく笑い返しておいた。

バイバイと手をふり、駆けていく子鬼たちを見送ってからほどなく、疾風たちも家にたどり着く。結局、最後まで手はつながれたまま。もはや悪足掻《わるあが》きにしかならないが、プライドの切れ端を守るべく、ようやく緩んだ手を疾風はふりほどいた。

「おまえ、陣雷のことが嫌いなのか？」

テーブルの前の椅子《いす》になだれ込むように座りながら疾風は尋ねる。

「何を言う。陣雷は信頼の置ける立派な門神だ。厭《いと》うなどあり得ない」

茶の支度をしながら、黒星はさらりと答える。

微塵《みじん》も偽りなしといった口調だが、視線は手元の茶器に据えたまま。眦《まなじり》さえ寄越そうとはしない。

絶対に嘘《うそ》だろと、胸の中で反論しながらも、疾風はできるだけ冷静に応じる。

「だったら、さっきみたいな真似はやめてくれ。俺は陣雷が好きだし、仲良くやっていきたいって思っている。おかしなヤツだって思われたくない」

「なら、まずは月瑛に対する態度を改めるべきだ。疾風の嫌悪はあからさま過ぎる」

心外にもほどがある言葉。疾風は立ち上がり、猛然と嚙みつく。

「はぁ？　なんだよそれ！　あからさまなのは月瑛だろっ。いつだって喧嘩《けんか》を売ってくるのはあっちじゃないか」

「喧嘩などと大袈裟《おおげさ》だ。おまえは月瑛の軽口を過敏に取るきらいがある」

宥《なだ》めるように頭に置かれた手をふりはらい、疾風は黒星をにらむ。

「おまえこそ、月瑛のことはやたらと庇《かば》うよな。そんなにかわいけりゃ、あっちを甘やかしてやれよ。俺と違って大喜びするだろうし」

「別に庇ってなどいない。俺はただ、月瑛は疾風が思うほど悪いヤツではないと言っているだけだ」

「俺に対するアイツの態度を見ても、そんなことが言えるのかよ？」

「疾風に対する月瑛の当たりがやや刺々《とげとげ》しい点については否定しない。だが、それについての責任の一端は陣雷にある」

「どうして陣雷のせいになる？　意味がわかんねえ」

黒星はガラス茶瓶の中でふわふわと花弁を開いていく花茶の様子を見つめながら、わずかばかり声を低めながら話を続ける。

「月瑛が疾風に手厳しく接するのは、陣雷が好感を示すから。早い話がやっかみだ」

「やっかみ……？」

「俺に甘えてくるのも同じ理由だ。好意がないとは言わないが、最大の目的は陣雷の気を惹きたいがため。月瑛の言動の尖りは、大方が片割れの情愛不足に根差している」

「おまえ、本当に贔屓がひどいな。どう考えても、片割れに対する思《おも》い遣《や》りが足りていないのは月瑛の方だろ」

「陣雷があらゆる情をはっきり出さないからこそ、月瑛は不安や不満が募り、あのような尖った態度になってしまうのだ。示し方が少し歪《ゆが》んでいるだけで、月瑛の片割れに懸ける想《おも》いは他に劣らぬほど強い」

疾風は胡散臭《うさんくさ》さ全開の目で黒星を見返す。

いくらなんでも月瑛を美化し過ぎだと言ってやりたかったが、双方とのつき合いは黒星の方がはるかに長い。こうはっきりと言い切るからにはそれなりに根拠もあるのだろう。

しかし、面白くない。どう考えても、やはり黒星が月瑛を猫かわいがりしているだけにしか思えない。頭の中に勝ち誇る月瑛の顔が浮かんできて、さらなるムカムカが募る。

「……要するにツンデレってことか。面倒臭いヤツ」

「つん……？　現世の凍原か？」

「違う！　とどのつまり、月瑛は素直になれない自分にイライラして、つい八つ当たりしちまうだけ。本当は純情で良いヤツだから同情してやれって、そう言いたいんだろ？」

「憐《あわ》れむ必要はない。ただ、あのいじらしい心情を汲《く》んでやって欲しい」

「…………悪かったな。いじらしくなくて」

茶を杯に注いでいた黒星が驚いたように顔を上げる。

疾風もまた、無意識にこぼれ出た言葉にびっくりして、口に手をあてる。どこからどう転がり出てきたのか。こんなことを言うつもりなんてなかったのに。

「もしや、月瑛と自分を比べて落ち込んでいるのか？　確かに、おまえにはああいう細やかで複雑な心情はない。いっそ潔いほど単純明快だが、俺はそれでこそ疾風だと思っているし、世のなによりもかわいらしいと感じているぞ」

「だから、かわいいって言うな！　何度言わせれば気が済むんだよっ」

疾風は両方の拳《こぶし》をにぎり、怒鳴る。

このまま叩き込んでみたかったが、黒星の手の中の茶杯を思うと自重せざるを得ない。仕方なく疾風は拳を下ろし、どすんと乱暴に腰を下ろす。

椅子の背に寄りかかったところで、ふと気づいた。胸のささくれ立ちが少し収まっている。何故《なぜ》だろう。黒星の懲りない一言にいっそう腹が立っていたはずなのに。

「……わかった。何をどうしても、俺は黒星みたいに考えられないけど、月瑛とは揉めないよう努力する」

「そう言ってくれて、うれしく思う。俺もできる限りのことをするつもりだ」

黒星はにこりと笑い、湯気の立つ茶杯を差し出してくる。

疾風は受け取りながら、ここぞとばかりに言葉を継ぐ。

「なら、次の休みは舞の稽古とやらに行ってくれ。あとで月瑛に、おまえのせいで黒星が来なかったってイチャモンつけられんのも癪だし」

「それはもう済んだ話だ。なにより、おまえが気にすることではない」

疾風はいったんお茶を飲み、気持ちを落ち着かせる。苛立《いらだ》ちとか敵対心とか、余計な感情を挟んで黒星に誤解を与えたくない。

「さっきは、イライラした言い方になって悪かった。でも、白蠟様の宿題をやるためにひとりになりたいってのは本当だ。そばにいると、つい頼りたくなっちまう。おまえだって、どうせほうっておけないだろ？」

「……だが、それでも――」

「黒星が不安に思うのはわかる。昔のせいで、いろいろ心配になっちまうんだよな。全部俺のせいだから、こんな風に言うのはあんまりかもしれねえけど、やっぱりいつまでもおんぶに抱っこは嫌だ」

真剣な面持ちで、疾風は自分の気持ちを伝える。共に生きていく者同士、魂だけでなく心の内もちゃんと分かち合っていきたい。

「ちょっとずつでいいから、俺に対する信用を増やしていって欲しい。おまえが安心できるよう、頑張るから」

「……おまえのことは信じている。俺はただ――」

黒星は最後まで口にせず、かわりに肩を落とす。

「いや、そうだな。おまえの言うとおり、離れでもしない限り、俺は己を抑えることはできないだろう。わかった。次の休みは月瑛の手伝いに行くとしよう」

「うん。ありがとな、黒星」

「おまえが勧めてくれたのだと、月瑛に伝えておく」

黒星は口元を緩めたものの、その笑みはどこか翳《かげ》りがある。

そんな顔をされると疾風の胸も痛むが、耐えてやり過ごす。これはお互いのために必要な過程。だから仕方がない。

「そういや、中元祭りってどんなだ？　地獄にも祭りがあるって聞いた時はびっくりしたけど」

「人間の意識がそれだとすれば大いに遺憾だ。我ら地獄の生きものほど、時節を重んじている存在もないというのに。いいか、地獄の一年には、三元と呼ばれる大きな節目が三つある。それぞれは上元、中元、下元と呼ばれている」

黒星は盆の上に残る空いた茶杯を手に取り、二等辺三角形の配置で並べる。

「分けるといっても歳月は均等ではない。一月十五日の上元から中元は六ヵ月、残る中元から下元は三ヵ月、下元から上元はまた三ヵ月で一年が巡る」

疾風はうなずきながら、茶杯から茶杯に移っていく黒星の指を追う。

「中元といえば、現世では祖先に限って祀《まつ》るようだが、地獄ではあらゆる死者の贖罪《しょくざい》を願いかがり火を焚《た》く。そういう意味では人間のための祭事とも言えるな」

「鬼が、人間のために祈ってくれていたとは知らなかった」

「月瑛が言っていた舞も祈願のひとつだ。選ばれた踊り手たちが、罪科の浄化のために舞を献上する」

「よく知らねえけど、舞って男がやるものなのか？」

「演目にもよるが、月瑛が舞う迦陵頻伽《かりょうびんが》は女舞だ。されど、月瑛は見目麗しく、また地獄きっての舞の巧者でもあるからな。毎年、周囲に推される形で一の位の舞い手を務めている」

「あっそう……らしいっちゃらしいな」

「この日は天界の遣いが代わりを務めるので、門神もそろって祭りに加わる。このように地獄が総力を挙げて人間の罪を贖《あがな》うのが中元祭りだ。どうだ？　地獄の生きものは情が深いだろう。因果なく、亡者を罰する役目を課されている訳ではないのだぞ」

「そうだな。まだまだ知らないことがあるモンだ」

疾風は椅子に背を預け、天井を仰ぐ。

誇るより、ありがたいと感じてしまうこんな時、まだまだ人間の意識が強く、地獄の生きものになれていない我が身を痛感する。

「夜になれば、かがり火を天燈《てんだん》に移し、空へ飛ばす。数十年ほど前から、これに願い事を書くという風習が生まれた。年の大小なく、皆、真剣に願掛けしているぞ」

「へえ。天の神様が受け取って、叶《かな》えてくれるのか？」

「どうだろうな。叶うか否かはさて置き、無数の天燈が空に浮かび、夜空を鬱金《うこん》に染め上げる様は大層美しいぞ」

黒星は楽しそうに語りながら茶杯を手に取り、中身を飲み干す。

「そりゃさぞかし綺麗だろうけど、ちょっと怖い気もするな。飛び去っていく天燈を眺めるうち、自分まで遠く離れて戻ってこられない……みたいな心持ちになりそうで」

突然、ガシャンと大きな音が響き、疾風は驚いて天井から視線を戻す。

音の原因はすぐに知れた。ガラス瓶が倒れ、中の茶がこぼれ出している。どうやら黒星が茶を注《つ》ぎ足《た》そうとして、手を滑らせたようだ。

「なにやってんだよ、おまえらしくない。うわっ、びしょ濡《ぬ》れ」

テーブルに広がったお茶の水たまりをなんとかしようと、疾風は立ち上がる。

だが、黒星に手を取られ、動けなくなってしまった。

「……どうした？　気分でも悪いのか？」

黒星は左手で疾風の手をにぎり締めながら、右手で自分の胸を押さえている。きつく眉を寄せた表情もなんだか苦しそうだ。

「おい、黒星」

「心臓が止まるかと思ったぞ。いきなり同じことを言うものだから」

何のことかと首を傾《かし》げたが、疾風は遅れて気づく。昔の自分も、さっきの言葉を口にしたのだということに。

「おまえはひどいな。今と昔を隔てようとする俺の尽力を嘲弄《ちょうろう》するかの如《ごと》く、最前のような不意打ちを喰らわしてくる。稀代《きたい》の悪女も及ばぬ手練手管だ」

「とんでもないあばずれみたいに言うなよっ。自分で自分が気味悪くなるから！」

黒星はため息を落とすと、疾風の手をにぎった左手を額にあてる。

「自ら誓っておいて、情けない話だが……時々わからなくなる。いま目に映しているおまえが、どちらのおまえなのか。いつかこの迷いが、今のおまえをひどく傷つけてしまいそうで恐ろしい……」

苦渋をにじませる黒星を前に、疾風はきつく唇を噛む。

疾風とて、黒星を悩ませたくはない。無理に分ける必要はない。どちらも同じ疾風だと思えばいい。いまの疾風がそう言えば、きっと黒星は楽になれる。少なくとも、今やら昔やらで煩う必要はなくなる。

だが、それがわかっていながらも疾風は頑《かたく》なに口を閉ざしている。理由は簡単。ムカつくから。

　積み重ねた歳月、分かち合ってきた幸福と苦労。なにより命懸けで相手を守ったという想いの強さ。昔の疾風は、今の疾風にないものをたくさん持っている。これ以上、分けてやる義理はない。これから先は、今の疾風が持つ唯一のものなのだから。

「……………気にしないなんて、嘘もいいところだ」

「疾風？　いまなんと？」

「なんでもねえ。おまえはいつも、考えても仕方がないことばっか心配しているって呆《あき》れただけだ」

　疾風は自分の手を持ち上げ、黒星の額を軽くはたく。

「誰がそんな程度で傷つくか。精々、イラッとするくらいだっての。それより、ほら。さっさと片づけようぜ。このままじゃ、床まで濡れる」

「ああ、そうだな。布を取ってくる」

　黒星は立ち上がると、炊事場へ向かっていく。

　離れていく背中に対し、疾風は胸の中でつぶやく。

　戻ってきたのが今の俺じゃなく、昔のままの俺だったら……おまえは比べものにならないほど幸せだったんだろうな。

　途端、疾風の胸の底がチリチリと焼ける。これまで幾度も感じてきた不快な熱。最初の頃はなにやらよくわからなかったが、いまならはっきり正体を見て取れる。

それでも疾風は目を逸《そ》らし、気づかないフリを続ける。強くなれば、昔の自分を超えられたら。こんな熱、きっと綺麗さっぱり消えてなくなるに違いない。

負けて堪るか。魂の奥、目には見えない場所に疾風は言い放った。


「終わったぁ……」

疾風は筆をほうり、続いてテーブルに身を投げ出す。朝から取り組んでいた白蠟の宿題が昼過ぎになってようやく仕上がった。

「やればできるじゃん、俺」

自分で自分を褒めてやりたい。解答用紙を眺めながら、疾風は感慨に耽《ふけ》る。

紙面に並ぶ文字は不恰好《ぶかっこう》で、世辞にも上手とは言えないが、筆を持ったばかりの頃に比べれば格段に上達している。以前は慣れていないせいもあって、自分でも読めないほどひどかった。

当然ながら、それほどの悪筆が冷酷無比の鬼神に見過ごされるはずもなく。白蠟は一瞥《いちべつ》で目が爛《ただ》れるという酷評を下したあと、日々千字の書き取りを命じてきた。

恐怖に尻《しり》を叩かれて、という一面は否定できないが、それでも地獄の生きものになるべく疾風は日々コツコツと努力を重ねている。手にした紙面はその賜物《たまもの》のひとつだ。

「あー、ほっとしたら腹が減った」

座りっぱなしで硬くなった体を伸ばしながら、疾風は声を上げる。

三日前に話し合って決めたとおり、黒星は出かけている。

たとえ離れて過ごす時でも焼けるだけの世話は焼きたいようで、黒星は昼餉《ひるげ》用の弁当をしっかり作っていった。厨房《ちゅうぼう》の台に置かれた弁当箱には、疾風の指導の下に培った知識の集大成――正しきキャラ弁が詰まっているはず。

疾風は立ち上がり、窓に寄る。陽射《ひざ》しは強く、暑そうだが、それでも胸がすくほど晴れ渡っている。

しばらく、疾風は夏のはじまりの空を眺めていたが、やがて何かを思い立ったかのようにいそいそと踵《きびす》を返す。

せっかくの好日。やることが終わったのなら家に籠《こ》もって過ごすこともない。ひらめいた計画を実行するため、疾風は準備に取りかかった。

「うっわ、すっげえ青い」

陽射しに手をかざし、疾風は歓声を上げる。

パンダのおにぎりが入った黒星の弁当で昼餉を済ませたあと、疾風は腹ごなしをかねた散歩に出かけた。

思えば、地獄に来てからひとりで外出したことは一度もない。いつだって隣には黒星がいた。

右も左もわからなかったし、使命のために連れ立つ必要もある。そのため、これまで疑問を抱いていなかった。

だが、それでも普通に考えれば、四ヵ月以上もひとりで出歩いたことがないというのは少し異常。いくら地獄の生きものとして未熟でも、現世では中学生だったのだ。外出くらいできて当然だ。

家から境界門、閻魔庁《えんまちょう》の界隈《かいわい》はすでに歩き慣れているし、改めて顔見知りになった者も大勢いる。道案内がいなくとも迷う心配はない。

疾風が目指しているのは町中から少し離れた丘陵地。市街が一望できるそこは、ここら一帯に住む鬼たちの憩いの場だ。てっぺんまで登って、景色を楽しみ、そして帰る。要するに単なる散歩だが、ひとりだというだけでやたらと特別な感じがした。

軽快な足どりで疾風が丘を登りかけた時、見知った顔が反対側の道から歩いてくるのが目に入った。

「陣雷！　偶然だな。おまえも散歩に来たのか？」

疾風が駆け寄れば、いつものように凜《りん》と背を伸ばした男がわずかに目を見張る。

「疾風か。ここへはひとりで？　黒星は……そういえば、今日は月瑛が連れ出したんだったな。すまない」

「謝るなよ。別に陣雷のせいじゃないし。そもそも、俺は気にしてない」

「そうか」

陣雷の口元がほんの少し安堵《あんど》の形に和らぐ。なんだかんだで、片割れの行動の余波を気にしてやっているのが見て取れた。

「やっぱり、陣雷って優しいよな」

「……俺が？」

「月瑛がどんな憎まれ口を叩こうと、いつも静かに思い遣っているじゃないか」

「そんな大層なものではない。俺はただ、心にあるものを出すのが不得手なだけだ」

「俺にすれば、溜《た》められるだけでも十分にすごいぞ。ボロボロ出して叱《しか》られるより、ずっと良い」

「なるほど。そういう考え方もあるか」

陣雷はふっと笑う。羽根のくすぐりのようにそっとしたものではあったが、それは確かに笑い声。

珍しさとうれしさで、疾風もまた笑う。陣雷といると自然と心がほころぶ。自惚《うぬぼ》れでなければ、向こうもきっとそう感じてくれているはず。気が合うというのはこういう感覚を指すのだろう。

「陣雷はこれからどこに？　俺は上まで登るつもりでいるんだけど」

「この先の鍛錬場に行くところだ。獄卒たちに槍の稽古をつける約束があってな」

「鍛錬場？　そんなものがあったんだ」

「……知らなかったのか？」

「ああ。ここには黒星と一緒に何度か来たことがあるけど、はじめて知った」

陣雷はかすかに眉を寄せる。疾風に気取らせない程度ながらも、目には明らかに己の口走りを悔やむ色が浮かんでいた。

「なあ、一緒に行ってもいいか？　俺も槍の稽古がしたい。迷惑なら遠慮するけど」

「迷惑ではないが、うなずきにくいな。黒星に無断で勝手な真似はできん」

「陣雷までそういうこと言うなよ。そりゃ、アレコレ理由をつけて、黒星は槍の稽古を避けるけど、俺は強くなりたいんだ。せめて、昔と同じくらいには……」

疾風の言葉に、陣雷は何かに気づかされたような顔をする。

「向上を望むのは片割れのためか。腕を上げ、黒星を安心させてやりたいのだな」

「別にそんなんじゃっ……俺はただ、あの馬鹿力に対抗できるようになりたいだけで」

「正真の本音か？　確かに黒星は馬鹿力だが」

見透かすような藍の双眸は嘘を許さない堅さに満ちているうえ、らしくない冗談めかした口調も意地をくすぐる。

逃げ場のない状況に、疾風は仕方なく口を割った。

「……一番は俺の鬼権を守るためだけど、それもある……かな」

「そうか、よくわかった」

素直なようでいて、どうしようもなく頑固。細められた陣雷の双眸はそんな姿を楽しんでいる風であり、またどこか懐かしんでいるようにも見えた。

「ならば、喜んで力を貸そう。同じ門神として、片割れのため精進したいと願う心を無下にはできん」

「じゃあ、教えてくれるのか？」

「ああ。俺で適うのであれば」

「やった！　ありがとう、陣雷。頑張るから、遠慮なくガンガン鍛えてくれっ」

「はじめはほどほどにな。張り切り過ぎると、怪我《けが》をする」

「武術の稽古だろ？　怪我なんてして当然じゃないか。そういう心配はいいから。黒星だけで十分間に合っている」

「黒星は――……」

陣雷は口を開いたものの、言い澱《よど》む。

しかし、そんな憂慮はとんと目に入らないまま、疾風は陣雷の手を引く。

「そうと決まったら、早く行こうぜ。こっちでいいんだろ?」

「あまり慌てるな」

陣雷は肩の強張《こわば》りを解くと、疾風に急《せ》かされるがまま歩きはじめる。かすかに射《さ》していた躊躇《ためら》いの影はすでに跡形もなく消え去っていた。


飛び込みで参加した槍稽古に夢中になるうち、時間は飛ぶように過ぎた。

疾風と陣雷が稽古場を出たのは日暮れに差しかかろうかという頃。

西の空が淡い茜色《あかねいろ》に染まりはじめた帰り道の途中、すっかり無口になった疾風を気遣うよう陣雷が声をかけてきた。

「疲れたか?」

「え? 違う、そんなことないって。久しぶりに思い切り体が動かせてすっきりしたくらいだ。ただ……」

疾風はいったん言葉を止めると、ずうんと表情を曇らせる。

「……俺、自分が思うよりはるかに弱かったんだなって。今日の稽古で思い知って、それで少し落ち込んでいる」

「まともな稽古はこれがはじめてだったのだろう? ならば無理もない」

それはそうかもしれないが。励まされても気が晴れず、疾風は重い息を落とす。

張り切って稽古に加わったまでは良かったが、内容は散々だった。考えてみれば、黒星からまともに習ったのはにぎり方くらい。こんな初心者同然が、陣雷はもちろん、日々鍛錬を積んでいる獄卒たちと一緒にやれるはずもなく。結局、子鬼たちから槍の扱い方を教わるところからはじまった。

「まさか、あんな小さな子鬼たちにコテンパンにされるなんて……」

めっくんだ、めっくんだと、子鬼たちから小突き回された挙げ句、逃げる際に足を絡ませ転んだ。そんな不名誉を知らしめるかのよう、額の角の下には薬布が貼《は》られている。

「何度やられても立ち上がる姿勢は見事だった。それに、筋は悪くないぞ。最後は子鬼たちの攻撃を見事にかわしていたではないか」

「……本当か？」

「ああ。反射が優れているのは、甦る前と後で変わらぬと、感心――……すまん。余計なことだった」

「別に気を遣わなくていいから。むしろ、教えてくれよ。昔の俺の槍の腕はどれくらいだったんだ？」

疾風は勢い込んで陣雷を促す。

一緒くたに扱われるのは御免だが、参考になる話は聞いておきたい。特に槍の腕前となると、今後の伸びしろに関《かか》わる重要項目だ。

陣雷はやや重たげではあったが、疾風の願いに応じて再び口を開く。

「いつであろうと、疾風の槍は真《ま》っ直《す》ぐで濁りがない。一心に励め。そうすれば必ず強くなる」

「なんか、上手《うま》く誤魔化された気もするけど……陣雷がそんな風に言ってくれれば心強いな。自信がわいてくる」

駆け出しの疾風から見ても、陣雷の腕はケタ違いに優れていた。門神は元々能力があるのだとしても、陣雷の槍にはただ強いだけではない、特別な輝きがあった。

「俺とてまだ修行中の身。いかほどのものでもないぞ。それこそ、巧拙でいえば黒星に敵《かな》わない」

「黒星の方が強いってことか？　陣雷のことだから、謙遜《けんそん》が入ってそうだけど」

疾風の言い様に、陣雷は苦笑する。

「疾風は未頭の陣雷の器を高く見積もり過ぎだ。俺は存外、俗物だぞ。特に槍にかけては小さな勝ち負けにもこだわってしまう。それゆえ、後塵《こうじん》を拝するのは無念だが、勝ち数が及ばぬ以上は認めるしかない」

「勝ち数？」

「機があれば、俺と黒星は槍試合をしている。現在、互いの勝ち数は一〇三一四対一〇三〇九だ。これまで黒星を上回れたことは一度もない」

「……ん？　一〇三一四と、一〇三……なんだっけ？」

「差し引き五勝の差だ」

疾風は少し考え込む。

黒星の方が強いと聞けば、片割れとしてはやはりうれしい。我が事のような誇らしさに胸がふわふわする。

しかし、一方でこんな疑問も捨てられない。五勝の差に価値がないとは思わないが、果たしてその差で甲乙がつけられるものだろうか？

「……それって、ほぼ互角じゃないか？」

「その言葉、黒星には絶対に言ってはならんぞ。俺のみならず、黒星も勝ち数には強いこだわりを持っている。疎かにしてやるな」

陣雷の真剣な面持ちに押し切られ、疾風はうなずく。

「わ、わかった、差があるって思っておく。けど、それだけ強いなら、もったいぶらずに教えてくれればいいのに。アイツ、俺がいくら頼んでも絶対に鍛えては――」

「……疾風」

町中に続く本通りに出たところで、耳慣れた低い声に呼ばれる。

疾風はひょいとふり返る。思ったとおり、うしろには黒星が立っていた。あちらも稽古が終わったのか、傍らには月瑛の姿もあった。

「黒星。帰ってきたのか。俺もちょうど――」

「何をしていた？　家にいると言ったではないか。表に出るなど、俺は聞いてない」

矢継ぎ早に話しかけながら、黒星が詰め寄ってくる。

怒りをはらんだ気迫に押され、疾風は思わず身を退きかける。だが、逃がさないとばかりに両肩をつかまれてしまった。

「しゅ、宿題が終わったから、ちょっと散歩に。出先でたまたま、陣雷と会って……」

息苦しい雰囲気に身をすくませながら、疾風は答える。

無断で外出したのがよほど気に喰わなかったのか、黒星はひどく怒っている。押し殺した声や表情が却《かえ》って奥で渦巻く憤りの深さを窺わせた。

「勝手に出かけたことを怒っているなら、謝る。でも、危ないことはしていないし、少しくらい構わないだろ。俺だって、子供じゃないんだから」

「……怪我をしたのか？」

疾風の言い分などまるで耳に入っていない様子で黒星がつぶやく。

何を言っているのかがわからず、疾風は瞬《まばた》く。

だが、黒星の手が額に触れたことで貼られた薬布の存在を思い出す。本当に軽く打っただけで、どうということはない。現に怪我をしたという自覚さえなかった。

「そんな大層なモンじゃない。ほら、なんともないだろ？　槍の稽古で転んだ拍子に、ちょっと打っただけだから」

見せた方が早いとばかり、疾風は薬布を剥がし、すでに赤みの引いた額をさらす。

それでも、黒星の機嫌は直らない。むしろ、槍の稽古の一言になおいっそう気色ばむ。

「稽古とはなんだ？　誰がそんな――」

言いさして、黒星は陣雷を見る。

荒々しい怒りに研がれているせいか、琥珀色《こはくいろ》の双眸は空恐ろしいほどに澄んでいた。

「陣雷。おまえが疾風を槍の稽古に連れ出したのか？」

黒星の怒りの矛先が陣雷に向きはじめたことに、疾風はぎょっと目を剝《む》く。

「ちがっ、違うって！　稽古に行く途中だった陣雷に、俺が無理やりくっついていったんだよ。俺が勝手にしたことで、陣雷は何も悪くない」

疾風は片割れの袖《そで》をつかみ、必死に訴える。

だが、黒星は疾風の手を解くと、さらに陣雷に詰め寄る。

「一体、どういう了見だ？　返答次第ではただでは済まさん」

「……過ぎた手出しであったのは認めよう。おまえの怒りも甘んじて受ける。だが、疾風がどうして俺に槍稽古を望んだか。その心だけは汲んでやって欲しい」

陣雷の返答がよほどの逆鱗《げきりん》であったのか。黒星の顔が目に見えて激昂《げきこう》に染まる。

「黙れっ！　おまえに疾風の心を説かれる謂《いわ》れはないっ。知った風な口を利くな！」

黒星は陣雷の胸ぐらをつかみ上げる。

一触即発の事態に、疾風の全身から血の気がひいた。

「黒星！　やめてくれよ、なあ。頼むからっ」

「あーあ、泥沼。相変わらず、おまえは余計なことしかしないね」

歩み寄ってきた月瑛が真っ青になった疾風に蔑《さげす》みの一瞥をくれる。

「月瑛、一緒に黒星を止めてくれ。このままじゃ喧嘩になっちまう」

藁《わら》にもすがる思いで、疾風は月瑛に頼み込む。普段のいがみ合いなど、気にしている場合ではない。

「無理。ああなったら、生半で黒星は止まらない。陣雷も喧嘩を売られれば退く手合いじゃないし。気が済むまでやり合わせるしかないね」

「よそ事みたいに言うなよっ。陣雷が怪我をするかもしれないんだぞ？」

「それは陣雷の自業自得。おまえを槍稽古に連れていけばどうなるか、最初から承知の上でやったんだから」

月瑛は髪をかき上げ、うんざりと息を吐く。

決定的な一言を打ち込まれ、疾風は痛みを堪えるようにぐっと拳をにぎる。

「……こうなったのが、俺のせいだってのはわかる……でも、あそこまで怒る必要はないだろ？　黒星はなんであんな……」

月瑛はこのうえなく呆れた風に目を眇《すが》める。

「それがわからないなら、金輪際、黒星の片割れを名乗るな。おまえの無知や無神経ぶりを見ていると胸が悪くなる」

冷たく言い放つと、月瑛はふいと顔を背けてしまう。

取りつく島もなく突きはなされ、疾風は迷子のように立ち尽くす。月瑛の侮蔑《ぶべつ》に怒りは感じなかった。ただ、じくりと胸が痛む。

物知らずな未熟者。そんなこと、疾風自身が一番よく知っている。だから、精一杯努力してきた。本当の意味で片割れと並び立ちたかったし、なにより昔の自分を追い越したかったから。

黒星は約束どおり、ずっと寄り添い、助けてきてくれた。けれど、その一方で肝心なところではいつも目を覆い、耳をふさごうとしてくる。

不意にじわりと、疾風の心に黒星に対する苛立ちがにじむ。

どうして陣雷に怒りを向けるのか。不満があるなら、こっちにぶつければいい。言い争いや、最悪殴り合いになったとしても構わない。庇われるばかりではなく、ちゃんと話がしたいのだ。

「槍を放て、陣雷。どう言い繕われたところで、俺はおまえのやったことが許せん」

「致し方ない。受けて立とう」

「いい加減にしろよっ。陣雷は悪くないって言ってんだろ！」

疾風はありったけの力で黒星の腕につかみかかる。

「黒星はどうしていつもそうなんだ？　おまえは一番大事なところで俺の話を聞いてくれない。全部無視して、自分の都合だけで片づけようとする。なあ、なんでだ？　どうしてそう勝手なんだよっ」

胸の奥から押し寄せてくるまま、疾風は言葉を吐き出す。

とにかく、自分の気持ちを聞いて欲しかった。少なくとも、陣雷に対する怒りだけは解きたい。

「疾風こそ、何故わかってくれない？　俺がどれほどおまえを大切に想っているか。どれだけ傷つけたくないと願っているか。それを知ってくれれば、いまのような言葉は出てこないはずだ」

疾風は絶望に浸される。

黒星は片割れを手の中に閉じ込め、過去の罪滅ぼしができれば満足なのだろう。なによりも大切なのは昔の疾風で、今の疾風の気持ちなんて二の次に違いない。そんな歪んだ考えが心の端々に沁《し》み渡っていく。

「……俺が黙って守られていれば、満足するのか？　黒星の言う大切ってそういうことなのか？　だとしたら、俺はもうおまえと一緒にはいられないっ。そんなの俺の望みとは全然違う！」

あらん限りの声で疾風は叫ぶ。

それが本当に伝えるべきことか、また伝えたいことなのか。判断がつかないままに。

「俺は、黒星と対等になりたいんだよっ。だから、強くなりたかった。陣雷はそんな俺の気持ちをちゃんと聞いて、理解してくれた。すっげえうれしかった。黒星が同じようにしてくれたら、どれだけいいかって思った！」

黒星の顔から怒りが消え、かわりに傷を負ったかのような苦悶《くもん》が浮かぶ。

体からも強張りが抜けていくのを感じた疾風は、その隙を突いて黒星の腕を陣雷から引きはがした。

「陣雷。迷惑をかけて悪かった。またちゃんと謝りに行くから、今日はもう行ってくれ」

「しかし……」

近寄ってきた月瑛が、躊躇う陣雷の腕をするりと取る。

「行こう、陣雷。祭りの前に厄介事を起こさないで」

陣雷は吐息を落とすと、何も言わずに踵《きびす》を返す。

黒星も止めようとはしなかった。いや、もしかしたらもう、陣雷たちが目に入っていないのかもしれない。

遠ざかっていく陣雷と月瑛を見送ってから、疾風は黒星に向き直る。

「……俺、ちょっとそのへんを歩いてくる。しばらくほうっておいてくれ」

何か言いたげな様子の黒星を突きはなすように、疾風は背を向け、足早に歩き出す。うしろで黒星がどんな顔をしているかなど知りたくない。その一心で、疾風はひたすら前だけを見つめ続けた。


「なんて顔だい、まったく。家中が辛気臭くなっちまう」

部屋の隅で膝《ひざ》を抱えた疾風を見るなり、鍋《なべ》を手に帰ってきた奪衣婆は声を上げる。

「死者どもの世話が済んだかと思えば、今度は家出小僧の面倒かえ。泣く子がさらに引きつけを起こす三途の婆《ばば》をコキ使ってくれるモンだ。それで？　今度は黒星の何に腹を立てておいでだい？」

しわがれ声は邪魔臭そうでありながら、どこかいたわりに満ちている。

「……俺の話を全然聞かないところ」

初対面の時の恐怖はどこへやら。すでに、疾風と奪衣婆は昔を取り戻したかのような間柄になっている。三途の河原に生える巨木の上に造られた、まるでツリーハウスのような奪衣婆の家はいまや疾風の貴重な駆け込み所だ。

「いまさらだねえ。それに、全然ってことはないだろう？　あれで結構、黒星はおまえの気持ちを汲もうとしているよ」

「どうでもいいことだけじゃないか。肝心なことは欠片も取り合ってくれない」

「……そうかえ」

いつものようにぎゃあぎゃあ、黒星に対する文句を喚《わめ》かない疾風の態度から、どうやらなかなかに深刻だと踏んだのだろう。それ以上の取り成しはせず、奪衣婆は鍋を卓袱台《ちゃぶだい》の上に置く。

「三途の川で冷やしておいたぜんざいと白玉だ。食うかい？」

「食わない。そんな気分じゃ――」

言葉の途中、疾風の腹が派手に鳴る。

昼餉を食べてから随分経つ。稽古で動き回ったこともあり、気づいてみれば随分と腹が減っていた。

「…………やっぱり、食いたい」

膝に顔を埋めながら請えば、奪衣婆が呵々《かか》と笑う。

「そうせえそうせえ。空き腹じゃ余計にむしゃくしゃするだけぞ」

疾風は小さな息を落とす。

本当のところ、怒りはとうに萎《しぼ》んでいる。いまはもっと違う言い方があったかもしれないという反省と、気持ちが伝わらない悲しみ、そしてこれからどうすればいいのかという悩みが大きい。

奪衣婆は用意した椀《わん》にぜんざいと白玉をよそい、箸《はし》と並べて卓袱台に置く。

「ほれ。好きなだけ食うたらええ」

疾風は隅からもそもそと這《は》い進《すす》むと、ところどころ漆が剝げた赤い椀と箸を取る。

「いただきます……」

ほわほわと煮込まれた小豆と合間に浮かぶ白玉のコントラストが食欲をそそる。疾風は椀に口をつけ、ひんやりトロトロの甘味に癒《い》やされた。

「おまえを責めるつもりはないがの。片割れを失った時の黒星は、とても見てはおられんほど痛ましい有り様でな。ワシにはボロ褌《ふんどし》みてえな亭主はおっても、魂を分かつ者なぞおらんに。それがどれほどの苦しみであったなど知る由もないが……あの姿を目にすれば片鱗《へんりん》は伝わろうほどじゃった」

疾風の前に座った奪衣婆が茶を淹《い》れながら訥々《とつとつ》と語り出す。

「それだけに、この手の諍《いさか》いとなれば、ワシは黒星の肩を持ってやりたくなる。多少の行き過ぎは目をつむってやれとな。あのときの傷があまりに深く、どうしても不安を留めることができんのじゃよ」

疾風は黙ったまま、食べかけの椀を卓袱台に置く。

「……何も覚えてなくても、黒星がどれだけ苦しんだかくらい想像がつく。だからこそ、黒星には幸せになって欲しいんだよ。不安とか心配とか、罪の意識とか、そういうの全部なくしてやりたい。そのために、強くなりたいって……」

詰まった声を誤魔化したくて、疾風は乱暴に椀をつかむと、残りのぜんざいを一気に流し込む。甘味と一緒に、せり上がってきた涙が腹の中に押し戻されていった。

「どうしても、それだけはわかって欲しかった。でも、黒星は一言も話を聞いてくれなかったっ。そんな訳で、しばらく黒星の顔は見たくない！　婆《ばあ》ちゃん、今日はここに泊めてくれ。あと、おかわり！」

疾風は空になった椀を差し出す。

奪衣婆は肩をすくめながら、椀を受け取る。

「ま、気の済むようにすればええ。もっとも、黒星が来れば籠城《ろうじょう》もそこまで。最後にゃ力ずくで持ち帰られるじゃろうがの」

奪衣婆はくつくつと咽喉を鳴らしながら、おかわりをよそう。

毎度の展開を思い出しながら、疾風は梯子《はしご》に目をやる。

いつもならともかく、今回ばかりは来ないかもしれない。なにせ、黒星こそが疾風の顔など見たくないと思っているかもしれないのだから。

我知らず、疾風はしゅんとうつむく。

するると、下がった鼻先をからかうよう、気取った香りがしゃらりと流れる。覚えのある匂いを追って疾風が視線を向ければ、梯子を上ってきた月瑛の姿が見えた。

「読みやすいというか、馬鹿のひとつ覚えというか。捜す手間が省けるのは結構だけど、門神というだけでこんな直情径行な間抜けと同列に扱われるかと思うと。怖気《おぞけ》が走る」

「……なんで、おまえが俺を捜したりするんだよ」

噛みつくことはせず、疾風は淡々と応じる。

陣雷にとばっちりを喰らわした負い目もあるし、なにより言い争う元気がない。

「そんな馬鹿面《ばかづら》、頼まれたって見たくはないさ。でも、これだけは言ってやらなきゃ気が済まなくてね。奪衣婆、邪魔するよ」

踊るような優雅な身のこなしで進み、月瑛は疾風の前に腰を下ろす。

「おまえがここに来るとは珍しい。ぜんざいを食うかい？」

「いらない。祭りの前に太りたくないから。それにしても、奪衣婆もほとほとこいつに甘いね。どうせ被害者気取りで愚痴を垂れていたんだろ」

冷たく細めた紫紺の目で、月瑛は疾風を流し見る。

「いつだってそう。おまえは相手を散々傷つけておきながら、自分こそが一番辛《つら》いって顔を平気でする。特に、黒星を痛めつける手腕に関しては感心するほどだ」

「なんだよ、それ。片割れをわざと傷つけるはずないだろっ。おまえじゃあるまいし」

さすがに聞き捨てならず、疾風は気色ばむ。

「自分を棚に上げて偉そうに。そもそも、僕だってそんな覚えはないけど？」

「必要もないのに、陣雷にキツイことばっか言うじゃねえか」

「おまえが勝手にそう感じているだけだろ。それとも、陣雷に相談でもされた？」

「……されていない。けど――」

「黒星の啖呵《たんか》を借りて言えば、それこそ知った風な口を利くな、だね。何も知らないで、陣雷について語るのはやめろ。張り倒してやりたくなる」

ぐうの音も出ず、疾風は黙り込む。

それでも攻め手を緩めることなく、月瑛は再び口を開く。

「大方、陣雷を渋くて冷静沈着で、それでいて包容力あふれる漢の中の漢とでも思っているんだろ。そりゃ、そういうところがふんだんにあると言えなくもないけど、真逆の一面だって持ち合わせている。あんな見た目で超絶甘党、酒はからきし弱い。さらに槍の稽古と並ぶ趣味は裁縫ときている。その程度のことさえ、知らなかっただろ？」

「ん、あ……えーと」

疾風はさっきとは違う意味で言葉を失《な》くす。

いきなりつらつらと語られても、なんと返せばいいのやら。

「わかりにくいが、あれは月瑛なりの自慢で誇示。黙ってうなずいてやれ。あと、ついでに言えば、乾坤宮《けんこんぐう》の獅子《しし》の壁織物《かべおりもの》は陣雷が八十年かけて仕上げた大作じゃ」

うしろからこっそり、奪衣婆が補足を入れてくる。

「えっ、アレを？」

ついでの事実に疾風は目を丸くする。

黒星といい陣雷といい。もしかしたら、地獄では槍の腕前と家庭科力が比例する法則があるのかもしれない。

一方、熱弁で少し落ち着いたのか。月瑛がいつもの調子で高飛車に鼻を鳴らす。

「それにしても、随分と僕の片割れを気に懸けてくれたものだ。そんなに陣雷が気に入ったのなら、いっそ取り替える？」

「は……？　なに言ってんだよ。そんなことができるはず――」

「他ならね。でも、僕らならまんざら不可能でもない。なにせ六害《ろくがい》という、はじめからいわくつきの一対魂《いっついこん》なんだから」

「六害……？」

「月瑛。さすがにそれはいかん。もうやめろ」

「黙ってて、奪衣婆。どうせ遅かれ早かれ知ること。聞かせてやればいい」

奪衣婆の制止をふり切り、月瑛は冷然と疾風を見据える。

「他の門神たちが支合と呼ばれる良相で合わされているのと違って、子頭《ねず》と未頭《ひず》、牛頭《ごず》と馬頭《めず》のふたつは六害という悪相なんだよ。つまり、元より相反覚悟で組まされている」

少なくない衝撃を受けながらも、疾風は必死に記憶を手繰る。

その言葉、確かどこかで耳にした。あれは——そう、はじめて境界門をくぐった時だ。

支合か否かといった先天運の違い。黒星が口にした言葉は相性を指すものだったのかと、疾風はようやく理解する。

「天も思惑があってそうしたんだろうけど、破綻《はたん》をきたすほど相容《あいい》れないとなれば問題だからね。なんとか魂の辻褄《つじつま》を合わせて、入れ替えを認めるかもしれない」

月瑛は柔らかくほほえむ。

その笑顔が美しく魅力的な分、疾風の心はぞくりと震えた。

「僕は構わないよ。黒星とは気持ちが添うし、一緒にいると楽しい。おまえだってそう感じていたんじゃない？　陣雷とは気が合うって」

月瑛はずばずばと言い当ててくる。まるで疾風の心を見透かすのように。

否定はできない。疾風だって陣雷が好きだし、共に過ごせば心が和む。しかし、だからといって入れ替えたいかと問われれば……話は違ってくる。

「相性が良いから交換なんて、そんな風には考えられない。黒星だって、きっと——」

「自分と同じく、変わらないことを望むとでも？　もう一緒にいられない、陣雷の方が気持ちをわかってくれるとまで抜かしておいて、よくものうのうと言えたものだね」

「あ、あれはただ、俺の気持ちをわかって欲しくて」

「でも、黒星はそう思ってない。おまえの言葉にすごく傷ついていた。さっきお詫《わ》びをかねて様子を見に行ったけど、ひどく落ち込んでいてね。そのとき言われたんだ。月瑛が片割れなら、どれほど良かっただろうって」

「嘘だ！　黒星がそんなこと言うはずがっ……」

疾風は立ち上がり、怒鳴りかけたが、最後まで続けられず黙り込む。

そもそも、陣雷の方がわかってくれると言い出したのはこちらが先なのだ。ショックを受けた黒星が疾風より月瑛が良いと思ったとしても何ら不思議はない。

考えた途端、胸が裂かれたかのように痛み出す。キンキンと耳鳴りがし、眩暈《めまい》まで襲いかかってくる。黒星もこんな気持ちになったのだろうか。いまさらながら、どれほどひどいことを口走ってしまったのかを思い知り、疾風はしおしおと座り込む。

「……もし、黒星が本気で望むなら、考える……」

言い終えるや、疾風はおかわりの椀をつかみ、ぜんざいを一気に飲み干す。

先程同様、涙を押し戻すための荒療治に、月瑛は信じられないといった顔で顎《あご》を引く。

「あり得ない。ぜんざいの一気飲みなんて。下品なうえ、見ているだけで胸やけがする」

「下品で悪かったな。でも、おまえが大好きな黒星は喜ぶぞ。俺の食いっぷりは見ていて気持ちがいいって、いつも言っているから」

「犬の方がまだ賢いんじゃないかって気がする。あと、さっきのは嘘だから」

「嘘？」

「月瑛が片割れならってやつ。あいにく、黒星には会っていない。機嫌を損ねている時は怖くて近寄れないから。あと、組み換えの話も嘘。できるはずないだろ、そんなこと」

しらっと言ってのける月瑛を疾風はまじまじと眺め、そして頰《ほお》を赤く染める。

「おまっ……ついていい嘘と、悪い嘘があるだろ！　いくらなんでも最低だぞ！」

「おかげで、自分がどれだけ残酷な言葉を口にしたか、身に沁みてわかったはずだ。礼を言われこそすれ、罵られる謂れはないと思うけど？」

言い返せない疾風に、月瑛は口の端を意地悪くつり上げる。

「これに懲りたら、二度と馬鹿な発言をするな。あと陣雷を誑《たぶら》かす真似も慎め。うざったいんだよ、この尻軽《しりがる》」

「しりっ、尻軽ってなんだよ！　意味わかんねえし！」

「僕の片割れを巻き込んでおいて、意味がわからないとは。毎度ながら、大した面の皮だね。そうやって自覚がなく周囲を引っかき回すところが浅膚なんだよ。次にまた陣雷を危険にさらしてみろ、ただじゃおかないからな」

「……それは、本当に悪かったって思っている。ていうか、平気なフリしながら、実は心配していたんだな。ちょっと見直したぞ」

疾風は心からの思いで月瑛に語りかける。

黒星が言ったとおり、心根にはいじらしい部分があるらしい。

「はあっ？　僕が陣雷の心配なんてするはずないだろっ。逆ならともかく！」

ええーと、疾風はのけ反る。

半分冗談のつもりだったのに、まさか本当にツンデレだったとは。しかも、がっつりどっぷり。

「まったく、おまえは底なし馬鹿だな。いいか、間違ってもいまみたいな……僕が心の底ではハラハラしていたとか震えていたとか、事実無根の妄想を陣雷に言うなよ！」

「また月瑛の天邪鬼《あまのじゃく》がはじまったか。ややこしいのう」

疾風の代弁でもある奪衣婆の横やりに、月瑛はいっそう目を尖らせる。

「だから！　奪衣婆は口を挟まないで！　ああもう、イライラするから、もうひとつ聞かせておいてやる。黒星が陣雷に対してあれほど怒ったのは、勝手におまえを鍛えるような真似をしたから。何故だか、わかるか？」

「……わかんねえ」

「おまえは鼻息ばかりが荒くて、肝心の腕は一段どころか二段近く後れをとる始末だったけど、ひとつだけ他にはない特別な飛地《ひち》の能力があった。動体視力の粋《すい》、予知に近い察知能力。それがあったから、おまえは天雷から黒星を救うことができた」

疾風は大きな青い目をこぼれんばかりに見開く。そんな超能力めいた技が自分にあったなんて。冗談としか思えない。

「黒星は、おまえがまたその能力に目覚めるのを恐れている。同じくして作った殻である以上、神力を磨いていけばおそらく行き着くだろうから」

「そんなこと——」

　黒星は言っていなかった。いや、違う。言えなかったのだ。その話にはどうしても昔の疾風の死に様がついて回るから。

「おまえは黒星が自分の気持ちを聞いてくれないと言っていたけど、逆に一度でも黒星が聞いてやれない理由を考えてやった？　僕にすれば、おまえの方がよほど聞く耳持たずに思えるけどね」

　疾風の胸に激しい後悔と罪悪感が襲いかかってくる。

　黒星がどんな気持ちで願いを拒んできたか。勝手な槍稽古にどれほど失望したか。あんなにも怒るからには、抜き差しならない事情があるのかもと、一歩深く考えることだってできたはず。それなのに、自分の感情や願望で頭がいっぱいで黒星の心をまるで気に懸けていなかった。

「……俺、黒星に謝ってくる！」

　弾《はじ》かれたように、疾風は立ち上がる。

「好きにすれば？　許してくれるかどうか、知らないけど」

「これ、月瑛。挫《くじ》くようなことを言うでない。よしよし、疾風。行ってこい。ちゃんと言えば、黒星はわかってくれる」

「ありがとな、婆ちゃん。ぜんざい、ごちそうさま。美味《うま》かった」

疾風は奪衣婆に挨拶《あいさつ》を済ませると、次いで卓袱台に頰杖《ほおづえ》をついた月瑛に目を向ける。

「月瑛も。いろいろ気を遣わせて、悪かったな」

「誰がおまえなんか。僕はただ、おまえに自分がいかに馬鹿かを思い知らせてやりたかっただけ。それに……陣雷と黒星の仲が必要以上に拗《こじ》れるのも嫌だし」

「だな。俺も嫌だ。あとでちゃんと陣雷にも謝りに行くから」

「来なくていい！　おまえが関わるとロクなことがないっ」

ヒステリックな声を上げる月瑛に、疾風は笑いかける。

嫌味だし性悪だし面倒なツンデレだしで鼻につくが、ほんの少しだけ、疾風の心には月瑛に対する親しみがわいてきている。ごくごくわずかだが。

「じゃあ、また」

疾風が部屋を出ようとした、ちょうどそのとき。

地面につきそうなほど長く、また雪のように真っ白な顎《あご》ヒゲを垂らした小さな老爺《ろうや》が梯子を上ってくる。

老爺の大きさは奪衣婆の三分の一ほど。禿《は》げあがった頭には申し訳程度の角が一本生えている。

「なんやなんや、うちの婆さんはやりおるのう。若い男をふたりもくわえ込んで」

ひゃひゃひゃっと、少ない歯を剥き出して笑う老爺は懸衣翁。奪衣婆の亭主で、同じく三途の川で働く獄卒だ。

「糞爺《くそじじい》。呆《ぼ》けたことを言ってないで、さっさと疾風を通してやんな。急ぎなんだよ」

「おお、おお。そりゃそうだろうなあ。なにせ地獄の一大事。片割れが先に駆けつけているとなりゃあ、急くわいな。そっちもそうじゃろ。早《はよ》う行ってやれ」

上がってきた懸衣翁から指差され、月瑛は眉根《まゆね》を寄せる。

「爺《じい》ちゃん、一大事って何のことだ？」

ざわざわとした胸騒ぎを覚えながら疾風は尋ねる。

「はれま、知らんのか？　天界から咎めを受け、大焦熱《だいしょうねつ》地獄で使役させられとう火龍《かりょう》がおるじゃろ。獄卒のひとりが興味本位で封印を解いたせいで暴れ狂っとるらしい。たまま手近におった黒星と陣雷が捕りに入ったと聞いたぞ」

頭から水を浴びせられたかのような衝撃に疾風は言葉を失う。

しかし、門神としてははるかに長い経験を持つ月瑛は素早いもの。すぐさま疾風の頬を張り飛ばし、梯子から叩き落とさん勢いで肩を押す。

「ボヤボヤするな！　僕らもさっさと行くぞ！」

「お、おう」

我に返った疾風は大急ぎで梯子を下りる。

途中、ぶたなくても良かったんじゃねえか、という不満が疾風の頭をかすめたが、黒星たちが直面している危難の大きさに些細《ささい》な文句は吹き飛んでいった。

「韋駄天《いだてん》も習得できていないとかあり得ない。愚図にもほどがある！」

大焦熱地獄に向かう間中、月瑛は疾風を罵り続けた。

あまりのねちっこさに腹が立ったが、手を引いてくれている以上、疾風は言い返すことができない。

「火龍って見たことはないけど、やっぱヤバイのか」

「端くれとはいえ龍神だぞ。少なくとも、並の獄卒たちの手に負える代物じゃない」

「じゃあ、黒星たちならなんとかなるっていうのかよ？」

「殺《や》って済むなら簡単さ。けど、火龍はあくまで天界の虜囚。地獄にすれば預かりもの。暴れたからといって、勝手に始末はできない」

「なら、どうすりゃいいんだ？　黒星たちは本当に大丈夫か？　もしかして、かなり危ない状況なんじゃ――」

「うるさい！　ごちゃごちゃ言ってないで、走ることに集中しろ」

強い力で引かれ、がくんと体が傾ぐのを堪えながら、疾風は必死に駆ける。

恐怖と不安が交互に巡る。無事に決まっている。負けたりするはずがない。けど、万が一ということも……足がもつれ、息も絶え絶えになってようやく、疾風は大焦熱地獄までたどり着いた。

針のように尖った岩山に囲まれた大焦熱地獄は、喩えるなら巨大な鍋に似ていた。入り口付近は駆けつけたものの、現場に近づけないでいる獄卒たちであふれている。

門神である月瑛は当然といった顔で奥に進む。それに乗じて、疾風も踏み入った。

入る前から熱波がすごかったが、いざ前に立てばまさに火の海の阿鼻叫喚《あびきょうかん》。ぽつぽつと突き出た岩山以外は燃え盛る炎に包まれていた。

炎の海に隠れているのか、問題の火龍の姿は見当たらない。端にたたずむ数名の獄卒たちがなす術もなくこの惨状を見つめている。

「おい、どうなっている？　先に陣雷と黒星が来たと聞いたが」

月瑛はつかつかと手近な獄卒に歩み寄り、肩をつかんで尋ねる。

「閉門時刻を過ぎていたこともあって、亡者はもちろん、獄卒もほとんど退いていたのですが……見回りの三名のうち一名が取り残されていて。なんとか逃げ出してきた者たちから話を聞いて、おふたりはそこから中へ」

獄卒が目を向けた先には、岩場を削って造られた地下に降りる階段があった。

信じられない思いで、疾風は階段と火の海を交互に見やる。表にこれだけ炎が噴出しているのだ。地下が危険地帯でないはずがない。

「いいから、じっとしていろ。絶対に余計な真似をするな」

いまにも走り出しそうな疾風を制するように、月瑛が叱りつけてくる。

「火龍はまだ地下に？」

「封印の名残か、岩壁を砕くほどの力はまだ出ないようです。ただ、先程から地下から噴き出る炎が格段に増えております。表に出てくるのは時間の問題かと……」

「ふたりが助けに入って、どれくらい経った？」

「ちょうど四半刻《しはんとき》です」

「そう……なら、そろそろか」

月瑛のささやきに応じるよう、ぶわりと火の海が大きく波打つ。かと思うや、ゴウッと激しい音をたて、岩階段の入り口からも炎が矢のように噴き出してきた。

絶望的な光景に疾風の背筋が凍ったのも、束の間《つかのま》。

追うように吹きつけてきた旋風が紅蓮《ぐれん》の炎《ほのお》を真っ二つに切り裂く。生じた炎と炎の合間を縫い、左手で槍をかざし、右の脇《わき》にぐったりと気を失った獄卒を抱えた陣雷が駆け上がってきた。

「陣雷っ」

疾風は安堵を込めてその名を呼ぶ。

その横で、月瑛もまた目に見えてほっとした顔をする。しかし、それも一瞬。すぐさまいつものツンと気取った表情をまとってしまう。

「大丈夫か？　火傷《やけど》してないか？　あと、こいつも無事か？　息しているのか？」

「遅いよ。随分と手こずったものだね。で、下の様子は？　火龍の具合はどうなの？」

疾風と月瑛は駆け寄り、交互に話しかける。

「月瑛。どうして疾風を連れてきた」

陣雷は遅れて駆けつけてきた獄卒たちに抱えた者を託しつつ、どこか咎めるように問いかける。

「残れと言ったところで、こいつが聞くと思う？　下手に暴れ回られるより、首に縄をつけて連れてきた方がマシ。現実を目の当たりにして自分の無力を知れば、おとなしくもなるだろうし」

月瑛の嫌味も耳に入らずといった様子で、疾風は陣雷に飛びつく。

「陣雷っ。黒星はどこだ？　アイツも一緒だって聞いたけど」

「黒星は俺が引き上げる間、火龍の注意を引く役を負ってくれて――」

陣雷の言葉が終わらぬうちに、固い岩壁を砕く激しい炸裂音《さくれつ》が響き渡る。

疾風が慌てて視線を巡らせれば、火の海の奥が割り裂け、飛び上がってきた黒星が遠く離れた岩場に降り立つのが見えた。

疾風が名を呼ぼうとした、瞬間。黒星を追うように、真紅の鱗《うろこ》に覆われた巨大な火龍が飛び出してくる。

「とうとう岩壁を砕いたかっ……」

陣雷が低く唸《うな》る。

疾風は声も出せないまま、対峙《たいじ》する黒星と火龍を凝視する。距離はあるが、尋常離れした視力のおかげで黒星の表情や火龍の鱗の文様まではっきりと捉《とら》えることができた。

火龍はぎろりと緑の目を剝くと、嘶《いなな》きながら岩場に立つ黒星に襲いかかる。

黒星はすぐさま近くの岩場に飛び、火龍の攻撃をかわす。

身を翻しざま、黒星は槍をふるう。白銀の流線がひた走ったかと思うや、黒い爪《つめ》が生えた火龍の右腕がちぎれ飛ぶ。

ギャンとけたたましい悲鳴を上げ、火龍は空中で激しく身をくねらす。

しかし、いくらも経たないうちに切断面から炎が噴き出し、新たな腕が現れる。どうやら、多少の傷を負わせたところで火龍を止めることはできないようだ。

「あれじゃキリがない……」

疾風が歯嚙《はが》みする思いでつぶやけば、相槌《あいづち》でもないだろうが月瑛が舌を打つ。

「首を落とすか、心臓を突くかできれば早いのに。殺せないのがつくづく面倒だ」

「俺は黒星の助太刀に入る。おまえたちは獄卒たちと一緒に退け」

「嫌だよっ。俺もここに残る。黒星たちを置いていけるかよ！」

必死の思いで、疾風は陣雷に取りすがる。

「この期に及んでそれ？　甦って、さらに馬鹿になったのか？」

「月瑛、早く疾風を外に。黒星に気づかれたくない」

呆れる月瑛に、陣雷は先よりも強い口調で告げる。

「絶対に邪魔しないからっ。危ないって思ったら、逃げるって約束もする。だから、ここにいさせてくれ。なあ、陣雷。頼むから」

「疾風、聞き分けてくれ。それがなにより、黒星の安全に――」

「ほうっておきなさい、陣雷。馬鹿の説得など時間の無駄です」

疾風の頑是ない希《ねが》いを打ちはらうかのごとく、やにわに鋭利な声が響き渡る。声の主は奔放な王の下、地獄の万事を怜悧一徹《れいりいってつ》に差配する鬼神――白蠟。

背後にふたりの屈強な獄卒を従え、手には黒い鞘《さや》の太刀を携えながらも、その姿は玲瓏《れいろう》たるもの。燃え盛る炎とは対照的に白い美貌《びぼう》は冷ややかに冴《さ》えている。

「陣雷。獄卒たちの救済、ご苦労様でした。もう逃げ遅れた者たちはいませんね？」

白蠟は暴れ狂う火龍を睥睨《へいげい》しながら、陣雷に問いかける。

「はい。残っているのは黒星のみ」

「わかりました。では、私と貴方と黒星で始末をつけましょう。頭部を除くすべてを切り刻めば、再生に時間がかかるはず。その隙に私が封印を施します。あと、月瑛は馬鹿の世話をなさい」

月瑛はさも嫌そうに顔をしかめたが、さすがに白蠟へ物申すことはしなかった。

その横で疾風は肩身の狭さから、ぎゅうと体を小さくする。馬鹿が誰を指すのか、察せぬほどに馬鹿ではない。

だが、なんと罵られようと、この場に残れることに疾風はほっとする。白蠟と陣雷が加われば、事態の収束も早まるに違いない。

疾風が固唾《かたず》を飲んで見守る中、黒星は岩場から岩場に飛び、火龍の攻撃をさばき続けている。黒星の表情や振る舞いからは、火龍の注意が他に逸れないよう、巧みにあしらっている余裕が感じられた。

「行きますよ」

太刀を提げた白蠟と、槍を手にした陣雷が踏み出さんとしたとき。

「あー、白蠟。ちょっと待った。アレの始末はこっちに任せてくんない？」

この状況下においても、緊張感がまるでない。白蠟以上に声だけで存在を知らしめる地獄の王が緩い足取りでやってくる。

「何の用です？　仰々しいから出てくるなと言ったはずですが？」

「いや、俺はそのつもりだったんだけど。こいつがなあ。身内の始末は身内でつけると言って、聞かなくて」

閻魔王がちらりとうしろに目をやる。

すると、視線に応《こた》えるがごとく、気高く芳しい伽羅《きゃら》香をたなびかせながら、小柄な少女が罷《まか》り出《で》てきた。

足首に届く淡水色の長い長い髪。真っ白な肌に、星みたいに光り輝く翡翠《ひすい》の瞳《ひとみ》。牡丹《ぼたん》に芍薬《しゃくやく》、薔薇《ばら》に百合《ゆり》、どんな大輪の花も追いつかない。圧倒的なまでの美少女だった。

「九天公主《きゅうてんこうしゅ》」

白蠟が艶《あで》やかな少女のものと思《おぼ》しき名を呼ぶ。珍しく瑠璃色《るりいろ》の双眸には少し驚いたような色が浮かんでいた。

九天公主は細い首を巡らし、白蠟に視線を向ける。合わせて、右耳のそばに挿した睡蓮《すいれん》を模した簪《かんざし》がしゃりんと鳴る。

「咎を負いし者とはいえ、あれは我が眷属《けんぞく》。ならば、妾《わらわ》が始末をつけるのが道理……であろう？」

朧々と浮き世離れした声音ではあったが、少女が口を利いたことに疾風は驚く。

なんというか、あまりにも姿かたちが整い過ぎているので、ひょっとしたら超絶技巧で作られた人形かもしれないなどと考えてしまった。

「公主がそうおっしゃるのでしたら。どうぞご随意に」

白蠟は小さく頭を下げ、道を譲るように身を退く。

「うむ。任せよ」

九天公主は袖や裾《すそ》が紅や紫で染められた純白の襦裙《じゅくん》や、花びらのように重ねられた帯をさらさらと流しながら崖縁《がけふち》に進んでいく。荒々しく盛る炎や、獰猛に嘶く火龍に怯える様子は一切ない。

華奢《きゃしゃ》な背中を見送りながら、閻魔王は白蠟に近寄っていく。

「白蠟、黒星を下がらせろ。あいつは手加減を知らない。下手すりゃ巻き添え喰うぞ」

「わかりました」

声を潜めた閻魔王の命令を聞きつけ、疾風の心臓が跳ね上がる。

良い悪いを思い巡らす余地もない。ほとんど反射的に飛び出し、ありったけの声で叫んでいた。

「黒星、戻ってこい！　よくわかんねえけど、危ないって！」

「っの、馬鹿！」

月瑛の罵声《ばせい》が背中に突き刺さる。

それでも、疾風に注意を散らす余裕はない。ひたすら黒星に視線を据え続けた。

呼びかけが終わるか、否か。それまで、一糸乱れることなく火龍に注がれていた黒星の視線が逸れ、崖縁に立った疾風に向けられる。

こちらの状況が、黒星にどこまで見えているかはわからない。しかし、琥珀色の目が驚きと焦りに見開かれた様から察するに、疾風がここにいることに気づいたのは明らか。事がそこに至ってようやく、疾風は自分の決定的な過ちを悟った。

しかし、時すでに遅し。

岩場に降りた黒星が、疾風に向かって何か叫ぼうとする。その瞬間、背後から襲ってきた火龍の尾に叩き飛ばされた。

すべては刹那《せつな》。黒星は凄《すさ》まじい勢いで一直に空を切り裂き、火の海の真ん中あたりに落下していく。音も波もほとんどなく、その姿は火の海の中にすぽりと消えてしまった。

「黒っ……」

後先なく、疾風は火炎渦巻く崖底に飛び降りようとする。だが、凄まじい力で腕をひねり上げられ、その場に引き留められた。

「い、いだっ……！」

痛みにうめきながら疾風が首を回せば、柳眉《りゅうび》を逆立てた月瑛が見えた。

「公主。いまです」

白蠟の促しに、九天公主は透き通るように白い手を天に差し出す。

「天球に鏤《ちりば》む雨滴よ、奈辺《なへん》に流離《さすら》う泡沫《ほうまつ》よ。来よ、我が手の下に」

李《すもも》の唇がろうたけた声で詠《うた》う。

途端、やらいの風が吹《ふ》き荒《すさ》び、あたりを包む大気が震え出す。

巻き起こった旋風は一点、九天公主の小さな手のひらの上に結《ゆわ》えられていく。

ぶわりと清瀬を思わせる長髪が扇状に広がり、裳裾《もすそ》が散りゆく花のごとく舞う。しかし、か細い少女は揺るがない。どこか遠い眼差《まなざ》しと、かかげた右手で火龍を指す。

「水琴籠《すいきんろう》」

一句の紡ぎとともに、九天公主の手から流星さながら無数の水矢がひた走る。煌《きら》めく尾を引きながら、水矢は滾《たぎ》る炎をあまねく巻き上げ、まるで各個が意志を持っているかのように火龍を包み込んでいく。

火龍は苦悶に嘶き、激しく身をよじったが、水矢は容赦なくひた走る。瞬く間に火龍は水で編まれた籠に閉じ込められてしまった。

九天公主は遠くからなでるように水籠の方角に両手を伸ばす。すると、キィンという爪《つま》弾《び》きとともに、巨大だった水籠が縮みはじめる。

手鞠《てまり》ほどの大きさになった水籠は静かに飛んできて、するりと九天公主の手に収まる。

それでおしまい。あっという間に、火龍はおろか、あたり一面を覆い尽くしていた猛火さえ綺麗さっぱり消えてしまった。

「おとなしゅう贖いを続けておれば、酸鼻極まる苦役を受けずに済んだものを」

水の鞠を手に、九天公主がぽつりとつぶやく。

依然として無表情ながらも、その声には一片の憐れみが混じっていた。

「火龍にとっちゃ、水の牢《ろう》はやっぱり苦しいモンなのか？」

閻魔王が歩み寄り、九天公主に声をかける。

「鱗と表皮のことごとくが破れ落ち、臓腑《ぞうふ》の端々が爛れるほどに………どこぞの賤劣《せんれつ》な王も閉じ込めてやりたい」

儚《はかな》げな声音にそぐわない物騒な物言いに、閻魔王は緩い笑みをひくりと引きつらせる。

「あー。とりあえず、これで得心したか？　火龍だけでなく、火事の始末までしてくれて助かったぞ。これで厄介事は片づいた。さっさと帰ろう。な？」

閻魔王は九天公主の両肩に手を添え、くるりと体を反転させる。

「白蠟。俺はこいつを連れて帰る。あとは頼んだ」

「心得ました」

あくせくと九天公主を促しながら、閻魔王が去っていく。

白蠟は肩をすくめたあと、静かに命を発する。

「はなしてやりなさい」

半ば突き飛ばす勢いで、月瑛が腕を解く。

解放された疾風はすぐさま走り出す。ふり返る間さえ惜しかった。

転がるように崖を降り、底に降りる。さっきまでの騒ぎが嘘のよう。あたりは耳が痛いほど静まり返り、燻りどころか熱気さえない。

「黒星っ。どこだよ！」

大声で呼び回るも、返事はない。ともすれば恐怖で折れそうな膝を必死に立たせ、疾風は駆ける。

痛いくらいに鼓動が騒ぐ。それに合わせて、頭が壊れそうなほどの恐怖と自責の念が襲いかかってくる。

全部、自分のせい。あのとき、黒星に声をかけたりなんかしたから。陣雷や月瑛の言うことを聞いて、おとなしく下がれば良かった。じわりと視界を覆う霞《かす》みを乱暴にぬぐい、疾風は四方を見回す。

定かではないが、黒星が落ちたのはこのあたりのはず。肩で息をしながら、砕けたり焦げたりと、惨憺《さんたん》たる有り様になった岩場のひとつひとつに目を凝らしていく。

「黒星！　なあ、返事してくれよっ」

疾風はなだれ落ちた岩の山を踏み越え、叫ぶ。恐慌状態の頭には、もう黒星の名しか思い浮かんでこない。

ひたすら繰り返しながら、疾風が三つ目の瓦礫《がれき》を越えた瞬間。崩れた岩場に埋もれるような形で倒れ込む、黒星の姿が目に入った。

「黒星っ！」

声の限りで叫び、疾風は横たわる黒星に駆け寄る。

「黒星！　おい、黒星！」

呼べども、黒星は目を閉じたまま、ぴくりとも動かない。

疾風は傍らにしゃがみ込み、震える手を頬にあてる。

「死ん……死んじゃいないよな？　生きているよな？　なあ、黒星っ」

歯の根が合わず、言葉が不均衡に揺れる。それでも、疾風は叫び続ける。喚いていないとおかしくなりそうだった。

「黒星っ、こく……お願いだから、目を開けてくれよ――……」

疾風は両手で黒星の左手を包み、ぎゅうとにぎり締める。

黒星を失うなんて耐えられない。喧嘩したまま死に別れるなんて最悪だ。まだ謝ってもいないのに。深く項垂《うなだ》れたのと同時、にぎった手がかすかに動く。

「黒星っ……？」

疾風は慌てて顔を上げる。

涙でにじむ視界の中で、黒星が眉を寄せ、小さなうめき声を上げながら、ゆるゆるとまぶたを開く。
二、三度瞬きをしたあと、黒星はゆっくりと視線を巡らしていき……のぞき込む疾風のところで止まる。
「こ――……」

「疾風っ。大丈夫か？」

万感の下に繰り出されようとしていた疾風の声は、ものすごい勢いで起き上がってきた黒星の叫びに飲み込まれる。

「怪我してないか？　気分は悪くないか？　どうしてこんなところに来た？　姿を見た時は心臓が止まるかと思ったぞっ」

両肩をつかまれ、揺さぶられながら、疾風は元気いっぱいに動き、しゃべる黒星をただただ見つめる。

「…………俺は大丈夫。それより、黒星こそ平気なのか？」

「俺？　俺がどうかしたか？」

「どうかって……火龍の尾に思い切りぶっ飛ばされただろ」

「ああ、あれか。確かにおまえに気を取られて不覚を取ったが、あれしきでどうこうなるほど軟弱ではない。まあ、少々の間、気を失ってはいたが」

「……そのうえ、火の海に落ちたし」

「門神は地獄火を宿しているのだぞ？　火龍の炎など、温湯《ぬるまゆ》のようなものだ」

「…………つまり、無事なんだな？　怪我もしてないんだな？」

「当たり前だ。さっきから、何の心配をしている？」

本気でわからないといった様子で、黒星は首を傾げる。

健《すこ》やか極まる姿を眺めるうち、疾風の全身から力が抜けた。へにゃりと、さらにいっそう地面に沈み込んでしまう。

「疾風？　どうした？」

「……ごめんな」

「え？」

「ごめんな、黒星。本当にごめん。俺が悪かったぁ……」

そこが限界。疾風はぼろぼろと涙をこぼしながら、黒星の腰元にしがみつく。

「ど、どうして泣いている？　どこか痛いのか？　それとも、俺が何かしたか？」

「違う……悪いのは俺で……あのときも、今も……あと、昔も……」

「疾風。頼む、どうか泣かないでくれ。今も昔も、おまえがそんな風に泣くと心が潰《つぶ》れそうになる」

おろおろと頭や背をなでながら、黒星が必死に請うてくる。

黒星を悲しませたくなくて、疾風は必死に涙を止めようとしたが上手くいかない。こみ上げてくるものがどれもこれも大き過ぎて手に負えなかった。

号泣しながら、疾風はひたすら己を詰《なじ》った。自分のせいで大切な存在を失うことがどれだけ辛いか、その片鱗を味わったいまならよくわかる。想像がつくなどと、奪衣婆に訳知り顔で語った少し前の自分を殴ってやりたい。

「お、俺、おまえに、うえっ、本当にひどっ……えぐっ、どうすれば……もうっ」

嗚咽《おえつ》の合間、疾風は謝りの言葉をこぼす。

昔の自分は黒星になんという傷を負わせてしまったのか。今の自分はどうしてもっと気遣ってやれなかったのか。一体どうすれば償えるのか。見当がつかない。

「……俺はいつもそうだ。望みとは裏腹に、おまえを怒らせるか悲しませるかばかりしてしまう。一対魂の片割れでありながら情けない。挙げ句、陣雷に後れをとる始末だ」

黒星は疾風を抱き締め、切々と己の悔いを語る。

「あのあとずっと、どうすれば疾風は許してくれるのか、それだけを考えていた。腸《はらわた》が煮えくり返る思いだったが、陣雷に尋ねもした。問答の末、おまえは己の執心に囚《とら》われ過ぎだとか、もっと疾風の心に目を向けてやれとか。果てには、疾風が赤子で甦らなくて良かった。相手が無垢《むく》無抵抗となれば、どれほど歪んだ育て方をしていたか知れたものではない、などと抜かされて、再び堪忍袋の緒が切れてしまったが――」

「……ちょっと、待て」

疾風はぐずりと洟《はな》をすすり、顔を上げる。

天界連中のうっかりでこのサイズになってしまったが、本来なら自分は赤ん坊として甦るはずだったと聞いている。現状でも黒星はアレでコレだ。さらに弱いとなれば、どうなっていたか……じわじわとわき上がってきた危機感に押され、疾風の胸の内から嘆きが波のように引いていく。ついでに顔から血の気も。

「念のために聞くけど……俺が赤ん坊だったら、どんな風に育てるつもりだったんだ？」

「誇り高い門神になるよう、立派に育てるつもりだったぞ。あらん限り情愛を注ぎ、片時も離れず、またいずこにもやらず、一挙手一投足に応え、何が起ころうと俺さえいれば安心だと微塵の疑いもなく信じ切るように――」

「怖い！　なんとなくまともっぽいのが怖い！　陣雷が心配したとおり、おまえの育児は束縛軟禁思想調教そのものじゃねえか！」

片割れの悪気も自覚もないヤンデレ思考に身震いしながら、疾風は悲鳴に近い叫び声を上げる。

「大体、緒が切れたって……じゃあ、結局陣雷と槍で喧嘩したのか？」

「してないぞ。寸前に火龍の騒動を聞いて、勝負を預けざるを得なくなったからな」

平気な顔でのたまう黒星に、疾風は冷え切っていた体温が一気に熱くなるのを感じた。

「したも同然だろ！　なんでそうなるんだよ。陣雷は悪くないって言ったのにっ」

「疾風がどう思っていようと、あの一件については断じて譲れん。おまえを立派な門神にするのは俺の役目だ。他の誰かに口出しされたくはない。特に陣雷には」

「なんだよ。あんなことを言っておきながら、やっぱり陣雷が嫌いなんじゃないか」

「厭ってなどいない。陣雷が好《よ》い男であることはわかっている。だからこそ、許せぬと思うことがあるだけだ」

「どういう理屈だよ……」

激しく矛盾している気がするが、これ以上はどう言ったところで無駄に違いない。疾風は諦《あきら》めをつける。

「……でも、それについては俺も悪かった。自分ばっかりで、黒星の気持ちを全然考えてなかった。昔の疾風に負けて堪るかって、そんなくだらないことにこだわって……」

情けなさと恥ずかしさに、疾風はうつむく。

どちらも等しく大切だと、黒星は最初からそう言ってくれていた。その証拠に、分け隔ての努力をはじめてからも、一度だって昔と今を比べたりはしなかった。結局、自分が勝手に嫉妬《しっと》していただけ。

昔があるから、今がある。最初からひとつ、勝つも負けるもない。意を決し、疾風は黒星を正面から見上げる。

「なあ、黒星。もう無理に分けて考える必要はないから。昔も今も、俺は牛頭の黒星の片割れ、馬頭の疾風だ。ここからまた、おまえと並び立つために頑張っていく。でも、だからって変に焦ったりしない。内緒で稽古をつけてもらうような真似もやめる。おまえの想いを裏切るようなことは絶対にしない。約束する」

「疾風……」

魂が揺さぶられるほどに幸せだといった様子で、黒星は顔を輝かせる。

疾風も笑い返したが、すぐさまきゅっと顔を引き締める。

「だから、黒星も約束してくれ。今後は俺を本気で鍛えていくって」

「……それは」

疾風は言いよどむ片割れの頰に両手を添え、ぐいとにらみつける。

「月瑛から聞いた。どうしておまえが俺を鍛えたがらないか。おまえが抱える不安や恐れはわかる。でも、やっぱり俺は強くなりたい。黒星をひとりにしたくないから」

「おまえのことは、俺が――」

「守るって言うんだろ？　けどさ、考えてもみろ。黒星だけじゃなく、俺自身も強い方が絶対に得だ。何かあった時、生き残れる可能性が圧倒的に上がるんだから。俺は、俺を生かすために強くなる。それならいいだろ？」

黒星はきつく眉を寄せる。反論したいのは山々だが、適《かな》った弁が出てこないらしい。

「大丈夫。俺は二度と、おまえを残して死んだりしない。この身の地獄火が消えてなくなる日まで一緒にいる。そのためにも、俺を鍛えてくれ」

「……おまえはいつも、言い出したら聞かない。本当に昔も今もないな」

「聞かないなんて台詞、黒星にだけは言われたくねーよ」

憎まれ口を返し、疾風はにっと笑う。

「しっかり鍛えてくれよな。絶対にへこたれたりしないから」

「ああ。わかった」

観念したかのように、黒星もまた苦笑をこぼす。

「ここにいましたか」

疾風がふり返れば、瓦礫を踏み分け、こちらに歩み寄ってくる白蠟の姿が見えた。

「白蠟様。このたびはとんだ失錯でした。申し訳ありません」

黒星は立ち上がり、深々と頭を下げる。

「貴方と陣雷は良くやってくれました。今回の騒動で死者を出さずに済んだのは双方の働きの賜物です」

「しかし、あの程度の火龍相手に後れをとるなど。門神としてあるまじきしくじり」

よほど矜持《きょうじ》が傷ついたのか、黒星は心底悔しげにうめく。

「確かに無様ではありましたが、叩き飛ばされたことはむしろ幸い。でなければ、貴方は片割れ大事で火龍の頭を賽の目《さいめ》に刻み尽くしていたでしょうから。龍神たちと無用の悶《もん》着《ちゃく》を起こさず済んで重畳。言及があるとすれば、その片割れの躾《しつけ》についてですが」

腕を組んだ白蠟の冷たい視線を受け、疾風は首をすくめる。

今回ばかりは、どれだけ叱られても仕方がない。腹をくくって喰らうのみ。覚悟に身を硬くする疾風に対し、白蠟はふっと双眸の鋭さを緩める。

「此度《こたび》は不問にしておきます。十二分に懲りたでしょうし」

予想外過ぎる恩赦に動転し、疾風は目を白黒させる。

「え？　え？　マジで……？」

敬語不如意の片割れに代わり、黒星が謝意を述べる。

「ご恩情に感謝申し上げます。ところで、火龍は白蠟様が？」

「始末も鎮火も九天公主の御業《みわざ》です。四海龍王の東、広徳王《こうとくおう》の息女として、眷属の横行を見過ごせなかったのでしょう」

「なんと。九天公主が」

白蠟と黒星が話を進める中、置いてきぼりを喰らった疾風は、ぽつりと生じた間隙《かんげき》にふと思い出した疑問を口にする。

「……いろいろな意味で凄まじかった、あの女の子って……」

「こら、疾風。女の子などと、いずれ閻魔王の妃《きさき》となられる御方に無礼が過ぎるぞ」

黒星の窘《たしな》めに、疾風は目を剝く。

「は？　妃？　きさきって……つまり嫁っ？」

「それ以外に何がある？　というか、疾風は知らなかったのか？」

「初耳だっ。そんな話は教えてもらってない！」

「正式な婚姻はまだ先ですし、そもそもあの阿呆《あほう》にそんな覚悟があるのかどうか。なんにせよ、我々が口出しできる話ではありませんよ」

白蠟は淡泊に受け流すと、話の終わりを示すよう腕を解く。

「今夜は下がりなさい。明日の検分が済み次第、片づけに入ります。その際には貴方《あなた》たち門神を召そうこともあるでしょうが」

「わかりました。ご差配をお待ちしております。聞いたか、疾風。今日のところはこれで辞そう」

「あ、うん。わかった……」

うなずきながらも、疾風は立ち上がろうとしない。

黒星は不思議そうに問いかける。

「どうした？　何故、座ったままでいる？」

「いや、その――」

しどろもどろ口ごもる疾風を見て、白蠟が呆れた風情で肩をすくめる。

「黒星。片割れをおぶってやりなさい。腰が抜けて立てないようですから」

「え？」

黒星は目を丸くし、白蠟はさっさと踵を返す。

疾風は決まり悪さに頰を染め、項垂れるしかなかった。


七月十五日。

隅々まで晴れ渡ったその日、中元祭りが催行された。

朝から地獄中が大騒ぎ。どこもかしこもにぎやかで楽しげな空気で満ちている。

祭りの目玉でもある奉納舞がはじまったのは正午過ぎ。疾風は黒星と、あと陣雷と連れ立ち、月瑛の晴れ舞台を観に行った。

陣雷に対する黒星の態度は相変わらず。表面上は愛想良く接しているが、どこか空々しさが漂っている。疾風を鍛えると肚《はら》をくくった際に一応謝りはしたものの、根っこにはまだしこりが残っているらしい。

これに関しては、槍を持ち出さないだけマシ。疾風としてはそう考える他ない。陣雷が黒星には聞こえないところで、気にしていないと言ってくれたのが救いだ。

片割れの微妙な態度はさて置き、生まれてはじめて目にした舞楽は大層華やかで、想像以上に心が弾むものだった。

舞の演目は全部で五つ。

佳人の上半身と鳥の下半身。そして、妙なる美声を持つという迦陵頻伽。最も華やかで艶やかとされる舞が最後を飾る。

目にも鮮やかな松葉色と蘇芳色《すおういろ》に染め分けられた衣をまとい、七色の羽根模様が描かれた袖をふわりふわりと揺らす舞い手たちは皆、綺麗だったが、中でも月瑛はひときわ煌びやかに輝く存在だった。

指使いや足さばきはもちろん、肩にかけた羽衣のはためき方や、簪がしゃらしゃらと流れる様までが他よりも美しく見えて、本物の天女と見紛《みまが》うほどに嫋《たお》やかだった。

口を利かないで、ずっと踊っていればいいのに――と思ったのも事実だが、心の底から感心したし、感動したのも本当だ。

その気持ちを素直に告げると、表情こそさほど変わらないものの、陣雷は大層うれしそうに、また誇らしげにほほえんだ。

こうしてつつがなく奉納舞は終わり、あとは燈火《とうか》を残すのみ。

いつの間にか、明るかった空は淡い宵の色に染まりはじめていた。

「思っていたより大きいな」

「間近で見ればな。天に昇れば、すぐさま星のようになる」

空に飛ばすというからには手の中に収まるくらいを想像していたが、実際の天燈は疾風子鬼がすっぽり隠れてしまうほど大きい。組んだ竹ひごに紙を貼《は》り合《あ》わせたもので、巨大な提灯《ちょうちん》といったところだ。

とうに陽は沈み、すっかり暗くなった空には星が瞬きはじめている。疾風と黒星は天燈と提灯籠《ちょうちんかご》を手に自家の屋根に上り、空に放つ時を待っていた。

「広場に行かなくて良かったのか?」

「ああ。今年はここでいいかなって……」

答えを濁しつつ、疾風は空を仰ぐ。

天燈を飛ばすため、多くの者は閻魔庁のそばにある広場に集っている。無数の灯《あ》かりが一斉に飛び立つ風景はさぞ見応《みごた》えがあるだろうが、少し特別な願いを込めた今回は騒ぎから離れ、ふたりだけで天燈を見送りたかった。

その方が、願い事が叶う気がしたから。そんな夢見がちな考えが照れ臭く、訝《いぶか》しむ黒星にはとても話せない。

「もう、火を入れた方がいいんじゃないか?」

提灯籠を抱え、疾風は尋ねる。

中に入っているのは祓《はら》いのかがり火から移した浄火。この火でないと願いは叶わないのだと、偶然行き合った鹿鳴《ろくめい》はまことしやかに話していた。

「そうだな。そろそろ入れておくか」

黒星は天燈の上部をつまみ、かかげる。

「疾風。中の芯に火を移せ」

「わかった」

疾風は提灯籠を手に腰をかがめ、天燈の中をのぞき込むと、慎重な手つきで提灯籠からろうそくを取りだし、中央に据えられた芯に火を移す。

ぽうと火が灯《とも》り、天燈が橙《だいだい》色《いろ》の光を放ちはじめた。

「どんな願いを書いたのか、結局教えてくれなかったな。貼《は》り紙《がみ》を読むのも断固ならぬと言い張るし」

朧に輝く天燈を見下ろしながら黒星は苦笑する。

「いいだろ、別に。こういうのは、誰かに話すと叶わなくなるんだぞ」

「そんな決め事は聞いたことがない」

「うるさいな。おまえこそ、何も書かなかったくせに」

「疾風が戻ってくれば、もう天に望むことはない。この先は、俺が、俺自身の力でおまえを守ってみせる」

「俺とおまえのふたりで、だろ？　ひとりで張り切るなよ」

疾風は不満げに唇を尖らせる。

本当のところ、黒星の言い様が癪《しゃく》に障ったのではない。少し悔しかったのだ。天の神などアテにしない、黒星の強さにまだ及ばないことが。

夏特有の、湿り気を含んだ緩い風が吹き抜けていく。その流線に乗るように、遠くから笛の音が響いてきた。

「この龍笛の曲が終われば、鉦鼓《しょうこ》が鳴る。それが合図だ。いいな?」

「うん」

疾風もまた、天燈に視線を落とす。

青い目がじっと見つめる先にはひとつの願い事。最後の最後、眼差しに想いを込め、胸の内で唱える。どうか叶いますように——と。

ちきりんちきりん、りんりんりんりん。

雅楽管弦など縁がなかったはずなのに。不思議と懐かしい音色が鳴り転がっていく。

「飛ばすぞ」

黒星は天燈を天に放つ。

疾風は静かに昇っていく淡い光を見送った。

広場や、他の場所から飛ばされた無数の天燈も同じく空に浮かび上がり、夜空を鬱金の輝きで埋め尽くしていく。

疾風はひとときき息さえ忘れ、幻想的な光景に魅入る。

しかし、いきなり背後から重みがのしかかり、ぎゅうと肩のあたりから締めつけられたことで我に返った。

「黒星、重い！　つうか、俺の肩に顔をすりつけてないで空を見ろ！　あんなに綺麗なのにもったいないないだろ！」

疾風の訴えもどこ吹く風。黒星は離れようとしない。それどころか、いっそう強い力でしがみつく。

疾風はさらに文句を重ねようとしたが、やめる。自分を羽交い締めにする手がかすかに震えていることに気づいてしまったから。

「心配しなくても、俺はいなくなったりしない。約束しただろ、地獄火が消えてなくなる日まで一緒にいるって」

小さな子に言い聞かせるよう、疾風は首に回された腕を軽く叩く。

「俺たちはずっと共に在って、支え合う。そうだろ？」

「……………そのとおりだ」

「よし。わかったら、ちゃんと空を見ろ。そんなことをしている間に、天燈がもうあんな遠くなっちまったじゃないか」

疾風は誘うように首を反らす。

しがみついたままながらも、黒星もまた空を仰ぐ。

光の礫《つぶて》はほとんどが砂粒ほどになり、ひとつ、またひとつと消えていく。

地獄火が燃え尽きる日まで、六害の牛頭馬頭が一緒にいられますように——疾風が天燈に託した願いもすでに見えない。

空に向かって、疾風は胸の内でつぶやく。

これより遥か、馬頭の疾風として地獄で生きていく。

先の先、気が遠くなるほど永い時が流れていくうち、自分が不知火疾風《しらぬいはやて》という人間だったというこだわりもひとつずつ消えていくのだろう。ちょうどいま、闇《やみ》に包まれていく天燈のように。

寂しくないと言えば嘘になる。

だが、それでいいと心から思える。新しい生路《せいろ》には、失うものよりずっとずっと大事なものがあるから。

背中の重みに苦笑しながら、疾風は明るい声を上げる。

「みんなの願いが叶うといいな」

「そうだな」

「これで、祭りも終わりだ」

「ああ」

「いや、ああじゃなくて。終わったから、いい加減にはなせよ」

「……祭りのあとはどうも寂しくていかん。離れるには忍びない。疾風、今宵《こよい》は久しぶりに一緒に寝よう」

「断る。黒星は体温が高いから夏は絶対に御免だ。冬も嫌だけど」

「何故そんなにつれない！　たったいま、共に在り、支え合うと言うてくれたばかりではないか！」

「一緒に寝なくても、支え合える。わかったら、腕を解け。そしてひとりで寝ろ」

「……では、今夜はここで寝よう。外ならば風通しも良く、涼しいはずだ」

「相変わらず、俺の話を聞かないヤツだな！　暑さ寒さはただのつけ足し！　純粋にひっついて寝るのが嫌だと言っているんだ！」

「ついさっき、すべての願いが叶えばいいと言っていただろ。なら、俺のこの願いを聞いてくれ」

「俺が戻れば、他に願いなんかないって言ったのはどこのどいつだ！　はなせ、このっ……ぎゃあ！」

それを天燈に書かなかったから、ではないだろうが、片割れの執着から逃れたいという疾風の願いは終ぞ叶わず。

黒星は疾風を抱え込んだまま、ごろりと屋根の上に寝そべる。

「暑い！　苦しい！　マジではなせっ」

「やはり、こうして抱き締めている時が一番安らぐ。なあ、疾風。互いの地獄火が尽き果てるまで共にいような」

胸の上で抱え込んだ片割れの顔をのぞき込み、黒星は満たされ切った笑みを浮かべる。声もまたうっとり甘い。このうえない至福に緩んでいる。

当然というべきか、対する疾風の顔には怒りしかない。

「黙れ！　いい加減にしろ！　はなせ！　はなせったらこのっ……馬鹿力がー！」

祭りのあとの静けさに、疾風の怒声が響き渡る。

星の輝きが戻りつつある天蓋《てんがい》の中心。

最後に残った天燈の灯かりが瞬き、彼方に消えた。

あとがき

このたびは『沙汰も嵐も』を手に取ってくださり、ありがとうございます。

地獄が舞台の今作、少しでも楽しんでいただければうれしく思います。

さて、この話。元々は〈うっかり逃がしてしまった魂を捕まえるため、現世に飛び出した牛頭《ごず》と馬頭《めず》のすったもんだ〉という筋立てでした。疾風と黒星のキャラ造形もまるで違っていて、疾風は真面目でやや神経質な美形、黒星はガサツだけど気風の良い兄ちゃん。門番という大事な役目の相棒でありながらソリが合わず、いつも喧嘩ばかり、となる予定でした。それが、あれよあれよと転がすうち、このような形に相成りました。初期設定の中で辛うじて残ったのは〈喧嘩ばかり〉と〈黒星は笛が吹ける〉くらいでしょうか。我ながらビックリするほど原形を留めておりません。

そんなこんなの軌道変更で、出発前にバタバタしたものの、最後までとても楽しく書くことができました。無事に完成までたどり着くことができたのは、多くの方々が支えてくださったからこそ。この場を借りて、お礼申し上げます。

それでは、また次の物語でお目にかかれることを願いつつ。

吉田《よしだ》　周《あまね》

『沙汰も嵐も　再会、のち地獄』、いかがでしたか？

吉田《よしだ》　周《あまね》先生、イラストの睦月《むつき》ムンク先生への、みなさまのお便りをお待ちしております。

吉田　周先生のファンレターのあて先

〒112-8001　東京都文京区音羽2-12-21　講談社　文芸第三出版部「吉田　周先生」係

睦月ムンク先生のファンレターのあて先

〒112-8001　東京都文京区音羽2-12-21　講談社　文芸第三出版部「睦月ムンク先生」係

N.D.C.913　254p　15cm

吉田 周（よしだ・あまね）
バランス感覚皆無の天秤座。
趣味は甘味探しとフィギュアスケート観戦。
近頃ミュージカル熱も再燃中。
ずっと欲しかった椅子が買えて喜んでいたら、机が壊れました。人生は諸行無常です。

講談社X文庫

white heart

沙汰《さた》も嵐《あらし》も　再会《さいかい》、のち地獄《じごく》

吉田《よしだ》 周《あまね》

●

2018年9月3日　第1刷発行

定価はカバーに表示してあります。

発行者——渡瀬昌彦
発行所——株式会社 講談社
東京都文京区音羽2-12-21 〒112-8001
電話 編集 03-5395-3507
販売 03-5395-5817
業務 03-5395-3615

本文印刷—豊国印刷株式会社
製本———株式会社国宝社
カバー印刷—半七写真印刷工業株式会社
本文データ制作—講談社デジタル製作
デザイン—山口 馨

ISBN978-4-06-512652-3

ホワイトハート最新刊

沙汰も嵐も
再会、のち地獄
吉田 周　絵／睦月ムンク

転生してみたら、なぜか地獄の番人でした！事故死した中学生の疾風が、再び目覚めた場所は地獄。しかも角つきイケメンの黒星から再会を喜ぶ猛烈ハグを受ける羽目に。どうやらこの男、疾風の相方らしく……？

願い事の木 ～Wish Tree～
欧州妖異譚19
篠原美季　絵／かわい千草

メーデーに消えた少女と謎を秘めた木箱。チェルシーで開催されるフラワーショーに出かけたユウリとシモン。「願い事の木」を囲むサンザシの繁みで、ユウリは行方不明になった少女メイをみかけるのだが。

恋する救命救急医
キングの憂鬱
春原いずみ　絵／緒田涼歌

ドクターヘリで舞い降りるラブストーリー！フライトナースの篁は、学生時代偶然ドクターヘリに乗り込む医師・神城を見て憧れ、その後を追ってきた。共に中央病院に異動したが、新たな神城の一面を知り——。

ホワイトハート来月の予定（10月5日頃発売）

桜花傾国物語　花の盛りに君と舞う……………………東 芙美子
龍の美酒、Dr.の純白……………………樹生かなめ

※予定の作家、書名は変更になる場合があります。